Kjersti A. Skomsvold

Je schneller ich gehe,
desto kleiner bin ich

Roman

Aus dem Norwegischen von
Ursel Allenstein

| Hoffmann und Campe |

Das Original erschien unter dem Titel *Jo fortere jeg går, jo mindre er jeg*
2009 bei Forlaget Oktober, Oslo.

1. Auflage 2011
Copyright © 2011 by Hoffmann und Campe Verlag, Hamburg
www.hoca.de
Copyright der Originalausgabe © 2009 by
Forlaget Oktober AS, Oslo
Satz: Dörlemann Satz, Lemförde
Gesetzt aus der Arno Pro
Druck und Bindung: GGP Media GmbH, Pößneck
Printed in Germany
ISBN 978-3-455-40094-6

HOFFMANN
UND CAMPE

Ein Unternehmen der
GANSKE VERLAGSGRUPPE

Für Espen, Åsmund, meine Mutter und meinen Vater

Ich habe schon immer gern Dinge zu Ende gebracht. Ohrenwärmer, Winter, Frühjahr, Sommer, Herbst. Epsilons Berufsleben. Die Sachen erledigt. Diese Ungeduld hatte Folgen, als Epsilon mir einmal eine Orchidee zum Geburtstag schenkte. Sie war nicht gerade mein größter Wunsch gewesen, ich habe nie verstanden, was die Leute an Blumen finden, die ohnehin eines Tages verwelken. Am meisten wünschte ich mir, dass Epsilon in Rente ginge.

»Aber ich brauche eine Zuflucht vor der ...«, setzte er an, und es schien, als wolle er »Zweisamkeit« sagen, doch stattdessen sagte er »Nacktheit«.

»Spielst du damit auf mich an?«, fragte ich.

»Ich nenne keine Namen«, antwortete Epsilon.

Also zog ich mich stattdessen für die Orchidee aus, und schon bald sprangen ihre Knospen auf, und sie stand voll rosa Blüten.

»Ich wünschte, du hättest dieselbe Wirkung auf mich«, sagte Epsilon.

Zu der Orchidee gab es eine Gebrauchsanweisung, in der zu lesen war, dass man sie nach dem Verblühen zurückschneiden müsse, dann würde sie nach sechs Monaten erneut Blüten tragen. Jeden Tag saß ich vor der Pflanze und wartete darauf, dass sie endlich verblühte. Schließlich hatte ich keine Lust mehr, noch länger zu warten, ich konnte es genauso gut gleich erledigen, sagte ich mir und schnitt alle Blüten ab, bis nur noch zwei dünne Stängel übrig waren.

»Was ist denn hier passiert?«, fragte Epsilon, als er von der Arbeit kam.

»Es musste sein«, antwortete ich. »Sie wollte einfach nicht verblühen. Aber du brauchst dir keine Sorgen zu machen, in sechs Monaten, im Herbst, kommen neue Blüten. Wenn ich noch länger gewartet hätte, hätten wir riskiert, dass sie erst im Winter wieder blüht.«

Doch es wurde Herbst, Winter und Frühjahr, und die Orchidee blühte nicht wieder, sie war tot, und zu meinem nächsten Geburtstag bekam ich ein Zierkissen.

Jetzt liege ich hier im Bett, bin das Gegenteil von ungeduldig und wünschte, ich könnte den kleinen Rest, der mir noch vom Leben bleibt, aufsparen, bis ich weiß, was ich damit anfangen soll. Aber das geht nicht, dafür müsste ich mich schon einfrieren, und wir haben nur eines dieser kleinen Gefrierfächer über dem Kühlschrank. Von draußen höre ich Menschen von der Arbeit kommen, sie überlegen, was sie zum Abendbrot essen sollen, und ich liege hier, das Ganze erinnert mich an ein Buch, das ich mal gelesen habe.

Vielleicht sollte ich das Licht ausschalten. Aber es macht wohl kaum einen Unterschied, der Sensenmann kann in der Dunkelheit sehen und wird mich so oder so finden. Ich prüfe es nach. In den Beinen. In den Armen. Ich überlege, was mich dahinraffen wird. Ich wackle mit den Zehen, spreize die Finger. Meine linke Körperhälfte ist ganz zweifelsohne taub. Die rechte auch. Aber wahrscheinlich wird es das Herz sein. Vor Epsilon war mein Herz eine Weintraube, jetzt ist es eine Rosine. Vielleicht raffen mich aber auch die Mandeln dahin, auf die ist sowieso kein Verlass.

Es kann lange dauern, bis jemand merkt, dass ich das Zeitliche gesegnet habe. Ich habe von einem Chinesen gelesen, der zwanzig Jahre lang tot in seiner Wohnung lag, das ließ sich anhand der Zeitung auf seinem Küchentisch feststellen, und als man ihn fand, war er ein Skelett im Schlafanzug. So wird es mir wohl auch ergehen. Vielleicht fange ich aber auch an zu riechen, und die Nachbarn denken erst, es wären die Pakistani aus dem ersten Stock, aber wenn auch die anfangen, sich zu beschweren, wird irgendwann jemand darauf kommen, dass es die alte Dame aus dem zweiten sein muss. »Wurde die nicht im Krieg erschossen?«, werden sie fragen. »Nein«, wird mein direkter Nachbar June antworten. »Letztes Weihnachten habe ich sie noch gesehen. Am besten, wir rufen den Notarzt.«

Als ich klein war, träumte ich immer davon, dass mich ein Krankenwagen abholen würde, und sobald einer in der Nähe war, drückte ich mir die Daumen und flüsterte: »Lass es mich sein, lass es mich sein«, aber ich war es nie, die Krankenwagen fuhren immer von mir weg, ich konnte es am Klang ihrer Sirenen hören. Jetzt tönt in der Ferne wieder ein Martinshorn, und der Krankenwagen sollte eigentlich zu mir kommen, denn ich trage eine frische Unterhose und werde bald sterben. Doch stattdessen liegt irgendjemand anders darin, der nicht mehr für sich selbst verantwortlich zu sein braucht.

Draußen wird es dunkel, und ich versuche, mich auf etwas Sinnvolles zu konzentrieren. Und das Einzige, was mir in diesem Moment etwas bedeutet, ist die Frage nach meinen letzten Worten.

»Die Wahrscheinlichkeit, dass wir sterben werden, muss geringer sein als ε, weil ε eine mikroskopisch kleine Menge ist«, meinte ich zu Epsilon. Es sah mir nicht ähnlich, so etwas zu äußern, und ich wünschte, ich hätte etwas anderes gesagt.

Ich möchte etwas Bedeutungsvolles sagen und liege die ganze Nacht wach, um auf etwas zu kommen, was sich reimt. Eigentlich bin ich mir sicher, dass ich hier liegen bleiben werde. Doch dann kommt der nächste Morgen, und ich merke, wie hungrig ich bin.

Epsilon sagt, dass es statistisch gesehen am wahrscheinlichsten ist, im Bett zu sterben.

Vielleicht sollte ich aufstehen.

Leben. Den Tag nutzen. Ich stehe im Schlafzimmer vor dem Bett und weiß nicht, wie man den Tag nutzt. Schließlich entscheide ich mich dafür, wie immer mit den Todesanzeigen anzufangen.

Aber zuerst gehe ich ins Bad. Ich habe noch dasselbe an wie am Vortag und wie an allen anderen Tagen, mein schwarzes Kleid. Gestern war es besonders schwarz.

Epsilon ist ein kleiner Mann, und ich habe keine Ahnung, warum der Spiegel über dem Waschbecken so weit oben hängt, aber er sagt, er sei zufrieden, solange er seinen Seitenscheitel sehen könne. Ich sehe nichts, so krumm bin ich. Ich strecke den Rücken und stelle mich auf die Zehenspitzen. So kann ich immerhin die obere Hälfte meines Gesichts im Spiegel sehen, wie der Nöck. Es ist komisch, dass ich das bin. Ich schaue mir in die Augen. Es lohnt sich nicht, hübsch auszusehen, wenn es niemand bemerkt. Dann gehe ich in den Flur, um die Zeitung zu holen.

Möglicherweise wissen meine direkten Nachbarn, June und seine Mutter, dass es mich gibt. Aber sie werden mich nicht vermissen. Neben Epsilon und mir sind sie die Einzigen, die schon hier im Block wohnen, seit er neu gebaut wurde. Ich erinnere mich noch gut an die Zeit, als June klein war. Seine Mutter kann kein R aussprechen, also war es wahrscheinlich der Vater, der den Namen Rune aussuchte, denn ich weiß, dass er ein überdurchschnittliches Interesse für germanische Schriftzeichen hegt. Und für Buchhalterinnen.

Die Mutter von Rune-June gehört zu den wenigen Nachbarn, die ich grüße. Es begann gleich, als wir neu eingezogen waren und ich es noch nicht besser wusste. »Guten Tag«, sagte ich mehrmals täglich, was schon bald zu Problemen führte. Morgens war es noch in Ordnung, doch dann trafen wir uns erneut, als sie aus dem Kartoffelkeller kam und ich aus dem Fahrradschuppen. »Guten Tag«, wiederholte ich. Es kam vor, dass wir uns dann kurze Zeit später vor der Waschküche begegneten und ein paar Stunden darauf noch einmal. »Guten Abend«, und »Schön, Sie wiederzusehen«, sagte ich und lächelte angestrengt. Wenn ich anschließend den Müll rausbrachte, während sie aus undefinierbarem Grund auch draußen war, musste ich so tun, als wäre ich nachtblind und könnte sie nicht sehen. Ich tastete mich mit ausgestreckten Armen zur Mülltonne vor, bis ich am nächsten Tag erneut »Guten Morgen« sagte und der peinliche Eiertanz von vorn begann.

Es war eine Erleichterung, als ihr Mann sie wegen der Buchhalterin im ersten Stock sitzenließ und sie daraufhin die Wohnung nicht mehr verließ. June war damals noch nicht volljährig, musste sich aber fortan um alles kümmern; vielleicht ist es nicht verwunderlich, dass nie ein sympathischer Erwachsener aus ihm geworden ist. Er grüßt nicht, wenn er Epsilon und mir begegnet, und ich grüße ihn auch nicht. Seit auch die Schwerhörige ausgezogen ist, überlasse ich alle Grüßerei Epsilon. »Morgen!«, sagt Epsilon, und June antwortet nichts, nur einmal zeigte er uns den Mittelfinger. »Nein, wie nett!«, sagte Epsilon und meinte es nicht ironisch, denn Epsilon ist nie ironisch. »Diese Art von Gruß habe ich noch nie gesehen«, stellte er fest. »Das muss er bei den Pfadfindern gelernt haben.«

Manchmal kommt es vor, dass June oder seine Mutter genau im selben Moment durch den Briefschlitz spähen wie ich, bevor sie morgens die Zeitung von der Fußmatte nehmen, und es ist immer wieder unangenehm.

Ich lasse mich mit meinen Brotscheiben am Küchentisch nieder und öffne die Zeitung beim zweiten Versuch auf der richtigen Seite. Beim Plundergebäck, das ich im Tveita-Zentrum kaufe, esse ich das Gelbe in der Mitte immer zuerst, und wenn die Liste aller, die Konkurs angemeldet haben, die Kokosstreusel der Zeitung sind, dann sind die Todesanzeigen das gelbe Vanilledotter. Heute bin ich erleichtert darüber, bei der Lektüre nicht auf meinen Namen zu stoßen. Obwohl eine Todesanzeige nicht übel wäre als Beweis dafür, dass ich existiert habe, und ich frage mich, ob man seine eigene Anzeige wohl schon im Voraus an die Zeitung schicken kann mit der Bitte, sie abzudrucken, wenn es so weit ist. Früher habe ich die Anzeigen nur gelesen, um mich daran zu ergötzen, wen ich alles überlebt habe, doch mittlerweile spielt es keine Rolle mehr, denn wir leben alle sowieso nur einen Augenblick.

Immer, wenn wir von dir erzählen, fällt ein Sonnenstrahl in unser Herz, und ein Bild erwacht in uns zum Leben, so als würde es dich noch geben.

Sich vorzustellen, dass sich jemand daran erinnern würde, wie hübsch, gewitzt und humorvoll ich war. Hätte ich Kinder, dann würden sie meine wie auch immer gearteten Talente geerbt haben und mein Lebensmotto weiterführen können: »Denk dran, beim Fotografiertwerden immer die Lippen aufzublasen, indem du etwas Luft auspustet, liebe Tochter!« Denn die Natur ist nur damit beschäftigt, die Arten zu schützen und ihre Gene weiterzuführen, sie pfeift auf die Individuen, tatsächlich möchte die Natur sogar, dass die Individuen so kurz wie möglich leben, damit der Generationenwechsel und die Evolution schneller vonstattengehen, weil das im Überlebenskampf Vorteile bringt.

»Demnach steht das Verhalten der Natur im krassen Gegensatz zu den Interessen, die wir als Individuen verfolgen«, sagte Epsilon.

»Habe ich das nicht immer schon gesagt?«, entgegnete ich. Seit Steins Tod war Epsilon völlig von einem Buch eingenommen. »Was liest du da eigentlich?«

»Ich lese, was Schopenhauer über den Tod zu sagen hat«, antwortete Epsilon. »Ich versuche, mich damit auszusöhnen, dass Stein nicht mehr da ist.«

»Aber bist du denn nicht religiös?«

»Nein.«

»Und jetzt versuchst du also, eine andere Lösung für Stein zu finden?«

Epsilon nickte. »Ja, vielleicht ist es so.«

»Hat Schopenhauer einen vernünftigen Vorschlag anzubieten?«

»Tja, dass Stein als Weltwille überlebt haben soll, klingt vielleicht ein bisschen übertrieben«, antwortete Epsilon, »aber an seinem Überleben als Art, nämlich Hund, könnte was dran sein.«

»Heißt das, wenn ich mir einen Hund vor tausend Jahren

in einem Garten vorstelle, der zur Lösung all seiner Probleme Gras frisst, wäre das in gewisser Weise derselbe Hund, der heute dort steht und Gras frisst?« »Das macht mich jetzt nicht viel glücklicher. Stein war doch er selbst.«

»Schopenhauer sagt, dass du die Vorstellung von Stein als Individuum überwinden musst«, erklärte Epsilon. »Es muss dir gelingen, ihn mit der Ganzheit zu identifizieren, denn als Teil dieses Ganzen ist ihm über lange Zeit ein Leben als Hund gesichert.«

Jetzt denke ich, dass auch ich die Vorstellung von mir als Individuum überwinden und mich mit der Ganzheit identifizieren müsste, doch es gelingt mir nicht, ich bin so weit außerhalb des Ganzen, wie man nur sein kann. Aber vielleicht ist es noch nicht zu spät. Vielleicht bemerkt mich jemand, wenn ich zum Laden gehe. Aber was soll ich tun, wenn der Fall eintritt? Vermutlich nichts, und vielleicht werde ich mein Gegenüber damit enttäuschen. Ich habe noch nie gehört, dass jemand von nichts beeindruckt ist, und ich enttäusche andere nicht gern.

Ich muss lange an der Wohnungstür ausharren und durch den Spion spähen. Aber ich beschwere mich nicht. Wie schlimm muss es erst sein, wenn man aufgrund einer Sehschwäche auf ein Monokel angewiesen ist. Ich warte, bis die Nachbarn auf meiner Etage und die obendrüber gegangen sind und die Haustür im Erdgeschoss ein paarmal ins Schloss gefallen ist, dann mache ich mich auf den Weg. An Wochenenden gehe ich nicht einkaufen, da sind viel zu viele Menschen unterwegs, und Epsilon ist zu Hause. Ich laufe langsam die Treppen zwischen den Stockwerken hinab und schnell an den Türen der Nachbarn und den Briefkästen vorbei. Einmal stand mein Name auf einem Versandhauskatalog, und ich hätte beinahe den »drolligen, einzigartigen, singenden Elchkopf aus Plastik, der mit Gesang auf Bewegungen reagiert und für eine heitere Stimmung sorgt – einen Elch, wie ihn nicht viele Menschen besitzen« bestellt. Aber Epsilon wusste es zu verhindern.

Nachdem ich das Haus verlassen habe, zwinge ich mich, nach oben zu sehen. Schöne Sonne, denke ich, bevor ich wieder nach unten sehe und mich auf die Dinge konzentriere, die am Wegrand auftauchen.

Es ist über einen Monat her, dass der Nekrolog für den Hausmeister in der Zeitung stand. »Er starb keines natürlichen Todes«, sagte ich.

»Das tut mir leid zu hören«, sagte Epsilon, der es jedoch viel mehr zu bedauern schien, dass der Reißverschluss seiner Jacke klemmte.

»Der Hausmeister kann trotz allem zufrieden sein, dass er das durchschnittliche Lebensalter erreicht hat«, sagte ich.

Aber jetzt bin ich mir nicht mehr sicher. Ich bin bei nichts mehr sicher. Zurzeit sieht die Wohnanlage genauso wüst aus, wie sich ein Spießer aus Makrellbekken Genossenschaftswohnungen im Osten der Stadt vorstellt, und obwohl ich schon schlimme Sachen erlebt habe, macht mich der Anblick einer vergessenen Kokosmakrone im Gebüsch dann doch stutzig.

Vor dem Wohnblock sitzen zwei Mütter mit Kinderwagen. Obwohl ich weniger auf den Boden starre als sonst, nehmen sie keinerlei Notiz von mir, und das ist auch gut so, denn ich habe im Fernsehen gesehen, dass man neuerdings nicht mehr »Guten Tag« sagt, sondern »Was geht, Alter«, und es hätte mir nicht behagt, das in den Mund zu nehmen.

Ich gehe den Fußweg an der großen Grünfläche zwischen den Blocks entlang, dann führt ein Kiesweg durch ein Waldstück – es ist das Ende der Østmarka –, und schon nach fünfzig Metern Fußmarsch komme ich auf der anderen Seite wieder heraus. Anschließend laufe ich den Hügel hinab, der an der Kirche vorbeiführt, die wie ein Schwimmbad aussieht, bis ich beim Supermarkt bin. Ich habe ein flottes Tempo drauf, aber ich habe irgendwann aufgehört zu schwitzen.

Auf der anderen Seite der Brücke hinter dem Supermarkt liegt das Seniorenzentrum. Ich bilde mir ein, es wäre ein Motorradclub oder eine Tanzschule oder etwas Ähnliches, das mich nicht lockt. Zum letzten Mal war ich mit zwölf in der Tanzschule. Alle wollten am liebsten mit der schönen Ellisiv tanzen, und die anderen Kinder organisierten ein eigenes System des Schlangestehens. Manchmal, wenn sie es am wenigsten erwarteten, kippte Ellisiv mit ihrem Rollstuhl ein Stück nach hinten, um sie absichtlich zu erschrecken. Ich dagegen tanzte für mich allein, eine halbe Stunde als Mädchen und eine halbe Stunde als Junge.

Die Luft im Supermarkt ist kühler als draußen, sie haben gerade erst geöffnet. Eigentlich ist mir wohler, wenn außer mir noch andere Kunden im Laden sind, damit ich keine unnötige Aufmerksamkeit errege. Meistens kaufe ich dasselbe ein wie die anderen. Es ist schön, gekochten Kabeljau zu Abend zu essen, wenn die Frau vor mir in der Schlange auch Kabeljau isst.

»Wir sind nicht die Einzigen, die heute Kabeljau essen«, sage ich zu Epsilon, weil ich weiß, dass er das schätzt.

In der Obstabteilung wähle ich ein paar Äpfel. Seit Tschernobyl schäle ich die Äpfel für Epsilon, damit sein Gehirn nicht von der Radioaktivität in der Schale beeinträchtigt wird. Meine eigenen Äpfel reibe ich nur kurz an meinem Kleid ab. Dann nehme ich noch Brunost mit, weil Epsilon den Karamellkäse gern isst. Ich bevorzuge Erdbeermarmelade, aber die Gläser lassen sich nicht öffnen, und Epsilon ist keine Hilfe. Saure Gurken esse ich eigentlich auch gern. Mir fällt ein, dass ich einen der Mitarbeiter bitten könnte, das Glas für mich zu öffnen, dann könnte ich es lose wieder zuschrauben, bis ich zu Hause bin, und ich suche und finde das Marmeladenregal. Gläser über Gläser, vom Boden bis zur Decke, und obwohl ich mich zurücklehne und die Hände in die Hüften stemme, ist kein Ende in Sicht. Wie es scheint, haben alle Sorten Schraubverschlüsse, weshalb ich willkürlich eins auswähle.

Zu meiner Enttäuschung sitzen beide Mitarbeiter an der Kasse, obwohl ich die einzige Kundin im Laden bin. Ich möchte niemanden benachteiligen, aber sie scheinen mich sowieso nicht zu bemerken, also gehe ich zu dem Jungen. Ich vermute, dass das Mädchen nur dank der Frauenquote eingestellt wurde, so sieht es jedenfalls aus. Ich lege meine Ware aufs Band, und der Junge unterhält sich weiter mit dem Mädchen an der anderen Kasse. Er piepst das Marmeladenglas durch, ohne dass ich mich dazu überwinden kann, ihn zu bitten, ob er es mir öffnet. Er sagt nicht, wie viel ich bezahlen muss, aber ich kann es auf der Kassenanzeige ablesen. Als ich das Geld in seine ausgestreckte Hand lege, berühre ich fast seine Fingernägel, ohne dass er es weiß.

Ich habe ein Einkaufsnetz dabei, weil ich nicht nach den Tüten fragen will, die sie hinter der Kasse aufbewahren, ich rätsele, was sich dort unten wohl noch so alles verbirgt. Dann lege ich meine Einkäufe ins Netz und gehe. Angenommen, ich würde fünf Minuten später entführt und die Polizei zeigte dem Kassierer ein Bild von mir, würde er behaupten, mich noch nie gesehen zu haben.

Der Hügel an der Kirche ist zermürbend, und im Waldstück kann ich mich kaum an dem Gras erfreuen, das auf beiden Seiten des Weges ergrünt ist. Doch dann erblicke ich hinter einigen Büschen ein Beinpaar. Ich bleibe stehen. Dort, ein Stück vor mir am Wegrand, steht ein Mann in etwas zu kurzen Hosen. Ich habe mit einem Mal das Gefühl, dass er auf mich wartet. Vielleicht gehört er zu denen, die in den betreuten Wohnungen neben der Kirche leben. Er erinnert mich an den Mann, den ich während der Tropenhitze im letzten Sommer auf unserer Grünfläche beobachtet habe. Er stand über den Sprinkler gebeugt und bewegte sich dabei wie der Scheibenwischer eines Autos hin und her, um seinen Durst zu löschen.

Ich würde mich wirklich gern umdrehen, aber das wäre zu auffällig, nicht dass ich ihn beleidige. Nein, ich muss einfach geradeaus weitergehen und so tun, als wäre nichts. Um zu zeigen, wie unberührt ich bin, versuche ich zu pfeifen, aber es kommt keine Melodie aus meinem Mund, nur Luft, als würde ich versuchen, eine Kerze auszupusten. Jetzt bin ich nur noch wenige Meter von ihm entfernt, er sieht mich direkt an, und ich höre auf zu pusten, gehe aber trotzdem weiter.

»Entschuldigung«, fragt er, »können Sie mir sagen, wie viel Uhr es ist?«

Er sagt das so, als wäre es die natürlichste Sache der Welt, und vielleicht ist es das auch, was weiß ich schon von Uhren. Meine liegt zusammen mit dem Kalender aus meinem letzten Schuljahr auf dem Dachboden.

»Es ist halb zehn«, antworte ich, während ich an ihm vorübergehe, meine Beine bewegen sich wie von selbst.

»Danke.«

»Danke auch«, erwidere ich, und das Ganze ist innerhalb von Sekunden überstanden.

Mein Herz galoppiert davon, es ist mir zehn Meter voraus, ich habe ein Gespräch geführt und zur gesellschaftlichen Aufklärung beigetragen, Fremde vertrauen darauf, dass ich ihnen die korrekte Zeit mitteile, und die Zeit ist kein Pappenstiel. »Die Zeit ist alles«, sage ich laut, ohne dabei mit der Wimper zu zucken.

Auf dem restlichen Heimweg laufe ich meinem Herz hinterher. Die Mütter sitzen immer noch auf der Grünfläche und denken nicht an mich, aber das ist nicht weiter schlimm, denn jetzt denke ich auch kaum noch an sie.

Oben in der Wohnung lege ich meine Einkäufe in den Kühlschrank. Dann setze ich mich in den Sessel und stricke an einem Ohrenwärmer mit kompliziertem Zickzackmuster, während ich den Kopf des Mannes am Wegrand vor mir sehe. Platons Ideenlehre muss falsch sein, ich schaffe es nicht, mir die Kopfform auch nur annähernd so perfekt vorzustellen, wie sie in Wirklichkeit war. Nachdem ich drei Reihen gestrickt habe, gehe ich in die Küche und hole das Marmeladenglas hervor, ich biete all meine Kräfte auf, doch ich kann es nicht öffnen. Ich probiere es mit warmem und mit kaltem Wasser und in Gummihandschuhen, ich bohre ein Messer unter den Deckel, und am Ende versuche ich, das Glas mit einem Dosenöffner zu zertrümmern.

Ich esse morgens und mittags Brot mit Brunost, und dann verbringe ich wie gewohnt den ganzen Nachmittag und Abend vor dem Fernseher. Der heutige Nachrichtensprecher ist Einar Lunde, er trägt einen burgunderfarbenen Anzug, der unvorteilhaft mit seiner rosafarbenen Haut kontrastiert. Wie immer wirkt er vollkommen unberührt, und ich frage mich, ob er nicht weiß, dass er sterben muss.

Die Trauer wiegt schwer und der Verlust ist groß, doch der Dank ist noch viel größer.

Es wäre übertrieben zu sagen, ich sei aufgewacht, denn ich glaube, dass ich gar nicht erst eingeschlafen bin, und falls ich schlief, träumte ich, dass ich wach im Bett lag und nicht schlafen konnte.

Epsilon ist vollkommen still, wenn er schläft, oft liege ich noch lange da, ohne die Augen zu öffnen, bevor ich aufstehe, und dann rate ich, ob er neben mir liegt oder nicht. Jetzt gehe ich mit geschlossenen Augen aus dem Zimmer.

Ich habe länger gelebt als all die *fleißigen Hände und müden Glieder* aus den heutigen Todesanzeigen, und gleichzeitig bin ich wohl diejenige, die am wenigsten getan hat, schließlich bin ich kaum vor die Tür gegangen. Bin ich deshalb nicht *satt an Tagen*? Vielleicht ginge es mir besser, wenn ich mein Leben dem Gemeinwohl gewidmet hätte. Oder um die Welt gereist wäre. Ich hätte wenigstens mal nach Schweden fahren können. Oder besser noch nach Deutschland. Zwar haben sich die Deutschen im Krieg nicht gerade mit Ruhm bekleckert, aber ich bin kein nachtragender Mensch, und ich hätte in einem Café in Hamburg sitzen und mit dem Kellner schäkern können: »*Ich könnte dich auffressen, Reinhart!*« Denn sagte H. C. Andersen nicht *Reisen ist Leben*?

Andersen sagte auch: *Das Leben gewinnt nur durch das Handeln an Bedeutung,* weshalb ich beschließe, heute Epsilons Armbanduhr zu tragen, er hätte sicher nichts dagegen.

»Jetzt brauchst du nur noch deine biologische Uhr«, sagte ich, als er von seinem letzten Arbeitstag nach Hause kam, »genau wie ein Zugvogel.« Epsilon schien von diesem Gedanken nicht begeistert, trotzdem nahm er seine Armbanduhr ab, sie liegt in seiner Nachttischschublade.

Meine Hände zittern, als ich sie herausnehme. Ich binde sie um mein linkes Handgelenk und werde noch krummer im Rücken, plötzlich wiegt mein Arm eine Tonne und mein Kopf ebenso. Epsilon hat immer darauf geachtet, dass die Uhr stimmt, doch nun ist sie stehengeblieben und geht eine Woche nach. Ich ziehe sie auf. Wenn ich mich trauen würde, das Telefon zu benutzen, könnte ich Fräulein Uhr von der Zeitansage anrufen, aber ich traue mich nicht, und außerdem weiß ich nicht recht, was ich von ihr halten soll. Ich bilde mir ein, dass sie mir zur Konkurrentin auf dem Gebiet der Zeitansage werden könnte, also stelle ich die Uhr nach Gefühl. Vielleicht fragen mich noch mehr Leute nach der Zeit, und ich, aus der nie etwas wurde, könnte das neue Fräulein Uhr werden. Statt dem Fräulein Stur. Das ist ein billiger Reim, aber immerhin, es reimt sich.

Draußen fragt mich kein Mensch nach der Zeit, und vielleicht hätte ich mehr Erfolg als der neue Christopher Hansteen. Statt auf das Dach des Osloer Observatoriums würde ich jeden Mittwoch und Donnerstag auf das Dach unseres Wohnblocks klettern, einen zweifarbigen Zylinder hissen und ihn um Punkt zwölf Uhr wieder herunterlassen, damit es die Leute auf den Schiffen im Hafen und überall sonst in der Stadt mit dem Fernglas erkennen und ihre Uhren danach stellen könnten.

Im Großen und Ganzen gehe ich nur zum Laden und bin selten einmal in der Bücherei oder vor dem Kindergarten. Das Schöne an der Bücherei ist, dass ich den Zeigefinger auf den Mund legen und »Pst!« sagen kann, sobald jemand Anstalten macht, mich ansprechen zu wollen. Das funktioniert auch vor dem Kindergarten. Im Laden ist es bisher nie nötig gewesen. An allen anderen Orten auch nicht. Abgesehen vom Lesen gibt es in der Bücherei nicht viel zu tun. Wenn ich ein Buch mit ansprechendem Umschlag finde, lese ich gern mehr als die letzten Seiten, dann kann ich Epsilon immerhin berichten, dass ich dort war. »Es ist nur gut, dass du ein bisschen geistige Nahrung zu dir nimmst«, sagt er. Zitate weiß er allerdings nur selten zu schätzen. »*Wenn wir einen Menschen hassen, so hassen wir in seinem Bild etwas, das in uns selber sitzt*«, sagte ich, als er sich beschwerte, dass ich immer die Schranktüren offen stehen ließ. »*Was nicht in uns selber ist, das regt uns nicht auf.*«

»Ich schließe den Schrank aber doch immer hinter mir«, entgegnete Epsilon.

»Dafür steht dein Herz sperrangelweit offen.«

»Ja, da magst du recht haben.«

Die letzten Worte der Bibel lauten: *Ich bezeuge jedem, der die Worte der Weissagung dieses Buches hört: Wenn jemand etwas zu diesen Dingen hinzufügt, so wird Gott ihm die Plagen zufügen, die in diesem Buch geschrieben sind.* Umso größer war meine Überraschung, als ich umblätterte und auf der nächsten Seite einen Anhang fand.

Vor dem Kindergarten sitze ich mit dem Rücken zum Zaun auf der Bank und höre den Kindern zu. Sie haben mir beigebracht, »Homo« zu sagen, ich habe ihnen »Spinat-wachtel« beigebracht, aber das haben sie wahrscheinlich gar nicht gehört. Ich bleibe dort sitzen, bis eine Katze kommt, früher oder später taucht immer eine auf.

Am Marmeladenregal wähle ich ein neues Glas, diesmal eine andere Sorte, die möglicherweise leichter zu öffnen ist. Ich versuche, den Deckel zu bewegen, aber er sitzt bombenfest. Ich beschließe, diesmal wirklich den Kassierer zu fragen, ob er mir das Glas aufschraubt, überlege es mir jedoch anders, noch bevor ich den Gedanken zu Ende denken kann. Wie-der mal bin ich feige und stumm, und obwohl es mir gestern gelungen ist, auf eine Frage zu antworten, kann ich nicht ewig davon zehren. Höchstens einen Tag. *Ein jede Freuden-stund auf Erden muss mit Kummer abgegolten werden.*

Nur die Tauben und Katzen kommen zu einem, wenn man alt wird. Die Menschen glauben zwar, die Alten gin-gen zu den Tieren, aber es ist umgekehrt. »Gurr-Gurr«, ma-chen die Tauben vor dem Laden und laufen schnurstracks auf mich zu, und ich antworte mit heller und vorwurfsvol-ler Stimme: »Du-hu-hu-klaust-meine-Eier-du-hu-hu, du-hu-hu-klaust-meine-Eier-du-hu-hu«, nach Art der Waldtauben, so haben wir es jedenfalls in der Schule gelernt. Dann ma-chen die Stadttauben kehrt. Was will *die* denn hier?, den-ken sie. Wenn eine Katze auf mich zukommt, bin ich stets diejenige, die kehrtmacht. Einmal verfolgte mich ein großer Siamkater bis zu den Wohnblocks in Tveita, bevor er end-lich aufgab.

Epsilon erbleichte, als ich ihm davon erzählte, denn die Tveita-Blocks erinnern ihn an Kommunismus, schlechten Geschmack und alles andere, was sonst noch schiefgehen kann. Er selbst lässt sich nur schwer politisch einordnen, er zögerte auch, mit mir ins Tveita-Zentrum zu gehen, nachdem jemand in großen Lettern »Anarchie oder Chaos« an die Würstchenbude gepinselt hatte. Mich nannte er früher »Lila Latzhose«. Das war zu einer Zeit, als ich oft barfuß in den Laden ging und manchmal Teppiche webte.

»Ich könnte mich in der Sozialistischen Partei anmelden«, schlug ich vor.

»Tu das«, antwortete Epsilon.

»Ich habe in einer Broschüre gelesen, dass eine Mitgliedschaft nicht viel kostet im Jahr, man muss lediglich ›Geringverdiener‹ ankreuzen. Vielleicht könnte ich es sogar von der Steuer absetzen.«

»Du zahlst doch gar keine Steuern.«

»Und darüber bin ich auch froh«, sagte ich, »denn sonst könnte man meinen, ich wäre zynisch.«

»Zu wahr.«

»Als Sozialistin bin ich aber eher vom freundlichen und leicht naiven Schlag«, fuhr ich fort. »Es sei denn, ich bin die Ausnahme, die die Regel bestätigt.«

Epsilon sah verwirrt aus, wir konnten uns wieder mal beide nicht richtig folgen.

Ich setze meinen Heimweg über den langen Hügel an der Kirche vorbei fort. Weit vor mir stakst ein gebrechlicher Mann mit Gehwagen, auch er kann seine Marmeladengläser unmöglich selbst öffnen, aber ich tippe, dass er sich traut, andere um Hilfe zu bitten. Nur ich traue mich nicht, und ich könnte mir einreden, dass es an meinem Stolz liegt, aber das stimmt nicht, denn ich habe gar keinen Grund, stolz zu sein. Plötzlich kommt mir eine gute Idee. Heißt es nicht, andere zu demütigen sei die beste Maßnahme, um sich selbst besser zu fühlen? Also beschließe ich, die Kuppe des Hügels vor dem Alten zu erreichen, der vor mir läuft. Vielleicht macht es mich sogar stolz, wenn ich es schaffe.

Meine Beine trommeln wie wild über den Boden, plötzlich stellt sich sogar heraus, dass ich doch schwitzen kann, und innerlich sage ich Worte vor mich hin, die zu kennen ich nie geglaubt hätte. Mir fällt auf, dass ich fast eine professionelle Geherin sein könnte, und ich achte bei jedem Schritt darauf, dass *kein für das menschliche Auge sichtbarer Verlust des Bodenkontakts entsteht.* Ich nähere mich an, überhole ihn, und dann bin ich an ihm vorbei. Vielleicht dient es nicht unbedingt dem Gemeinwohl, andere hinter sich zu lassen, aber ein schönes Gefühl ist es doch, und ich laufe so schnell, dass ich fast den Mann hinter den Büschen übersehen hätte. Ich schrecke zusammen, als er plötzlich neben mir steht und fragt, wie viel Uhr es ist. Dann fasse ich mich wieder und hebe den schweren linken Arm, wobei ich ein wenig mit dem rechten nachhelfen muss.

»Heute ist es auch halb zehn«, antworte ich. Und bleibe stehen. Ich bin ein Soldat auf festem Posten, meine wackeligen Beine scheinen am Hügel festgeleimt. Vielleicht gibt es etwas, worüber er mit mir reden möchte. Ich kann keinen klaren Gedanken fassen und traue mich nicht, etwas zu sagen, aus Angst, die gute Stimmung zu zerstören. Ich pfeife ein wenig vor mich hin und versuche, die Banane zu ignorieren, die er in seiner Hand hält. Meine Lippen bringen ein paar Töne zustande, und ich lächle vorsichtig, aber er erwidert mein Lächeln nicht. Er sagt nur »Jaja«, dann dreht er sich um und verschwindet im Wald.

Ein Englein kam zu uns geflogen, es grüßte nur – schon war es fortgezogen.

Dann gehe ich eben auch.

Als ich die Wohnungstür aufschließe, öffnet sich die Nachbartür, und June kommt heraus. Er glotzt mich dumm an.

»Ihnen muss es ja schrecklich gehen«, stellt er fest.

Ich weiß nicht, was ich sagen soll, was kann ich schon sagen.

Ich kann mich nicht einmal zu einem Versuch aufraffen, das neue Marmeladenglas zu öffnen, und esse vier Scheiben Brot ohne Belag. Was soll diese ganze Aufregung um Brotbelag überhaupt?

»Erinnerst du dich noch daran, wie wir mal zum Beerenpflücken mit dem Bus in die Berge fahren wollten?«, fragte ich Epsilon. »Im Übrigen ein alberner Einfall.«

Epsilon und ich waren gerade beim Abendessen, es erscheint mir merkwürdigerweise nicht lange her.

»Beerenpflücken war eine Tradition in meiner Familie«, antwortete Epsilon wie schon so oft. Vielleicht machte er mir einen Vorwurf, weil ich dieser Tradition nie ein Ende bereitet hatte. »Meine Mutter war souverän«, sagte er.

Ich habe Epsilons Mutter nie kennengelernt, aber ich sehe sie deutlich vor mir. »Ich bin dir in den Bus gefolgt, bis nach ganz hinten«, fuhr ich fort. »Dann warteten wir auf den Busfahrer, der draußen stand und das Gepäck einlud.«

»Ich habe mich auf die Ferien gefreut«, sagte Epsilon, »ich war so erschöpft.«

»Und ich dachte, du wärst eingeschlafen, als du so dasaßest, mit dem Kopf an meiner Schulter. Ich ahnte nichts Böses, doch als der Bus nebenan losfuhr, sprangst du plötzlich auf und riefst: ›Wir rollen, wir rollen!‹«

»Ich dachte, unser Bus rollt nach hinten.«

»Die anderen Passagiere sahen dich an, als ob du ... na, du weißt schon.«

»Und irgendjemand lachte«, ergänzte Epsilon.

»Aber zum Glück hörten sie schnell wieder auf«, sagte ich.

»Bis auf den einen, der sitzen blieb und mich anstarrte.«

»Das war nicht nett.«

»Aber du hast ihn gebeten, damit aufzuhören«, sagte Epsilon, »das sah dir gar nicht ähnlich, ich war ganz überrascht.«

»Ich auch«, antwortete ich. »Ich hatte noch lange danach Herzklopfen.«

Epsilon lächelte mich über den Küchentisch hinweg an.

»Dein Zahnfleisch hat eine frische Farbe«, sagte ich. Und dachte, das verheiße Gutes für die Zukunft.

Ich sehe aus dem Fenster und in die Wohnungen im gegenüberliegenden Wohnblock. Es ist eine merkwürdige Vorstellung, dass hier so viele Menschen wohnen und ihre eigenen Leben leben und niemand zu mir und Epsilon herübersieht, wofür hat man denn Nachbarn. Sie laufen in ihren Wohnungen hin und her und tun so, als ob sie nicht sterben müssten, aber das müssen auch sie und die Leute im Laden – und der alte Mann mit dem Gehwagen ist vermutlich längst tot.

Obwohl wir dir die Ruhe gönnen, ist voll Trauer unser Herz.

Ich kann auch heiter sein. Ich erinnere mich an einen Witz, den ich mir einmal ausgedacht habe: »Hast du schon von dem Mann gehört, der so dünn war, dass sein Pyjama nur einen einzigen Streifen hatte?«, fragte ich Epsilon.

»Ja«, antwortete er.

»Das ist unmöglich«, sagte ich, »ich habe ihn doch gerade erst erfunden.«

»Nein, ich bin mir sicher, dass ich schon mal von ihm gehört habe, Mathea.«

»Tja, wahrscheinlich hast du recht«, sagte ich. »Wenn ich genauer darüber nachdenke, meine ich, einen ganzen Artikel über ihn in *Wir über 60* gelesen zu haben.«

Na typisch, da erfindet man den Wahnsinnswitz, und dann stellt sich heraus, dass man ihn schon mal gehört hat. Das passiert mir nicht gerade selten. Aber ich lache trotzdem und sage zu Epsilon, dass ich die lustigste Person bin, die ich kenne.

»Streng genommen kennst du außer mir ja auch niemanden«, entgegnet er.

»Trotzdem«, sage ich.

Wie traurig für die Welt, dass ihr die heitere Mathea entgangen ist. Aber eigentlich ist es wohl für mich selbst am traurigsten.

Ich bin eine Weile lang traurig, dann beschließe ich, mir eine Zeitkapsel zu bauen. Ich schlage die Bettdecke zur Seite, hieve die Beine über die Bettkante und stecke meine Füße in Epsilons fusselige Filzpantoffeln. Dann gehe ich in die Küche und begebe mich unter der Spüle auf die Suche. Hinter Eimern und Putzlappen finde ich einen alten Pappkarton, in dem einmal Flaschen mit Waschmittel standen, Epsilon kaufte aus irgendeinem Grund immer große Mengen auf Vorrat. »Ergiebig« steht auf dem Karton, der mein Testament werden soll. Ich stelle ihn auf den Küchentisch, bleibe stehen und betrachte ihn, aber nachdem ich eine Weile hin und her überlegt habe, komme ich zu dem Schluss, dass es nichts hilft. Ich muss etwas von Bedeutung vergraben. Ich weiß, was zu tun ist.

Epsilon saß da und starrte vor sich hin, ich glaubte, er würde an Wahrscheinlichkeiten denken, aber dann sagte er: »Ich werde dir eine Kiste zimmern.«

»Aber ich bin doch noch gar nicht tot«, erwiderte ich. Damals hatte ich noch keine Probleme damit, über den Tod zu scherzen.

»Du liebe Güte, nein, Mathea, ich bitte dich!«, sagte Epsilon.

Ich saß im Sessel und strickte Ohrenwärmer mit Hummelmuster, denn Epsilon hatte seit einiger Zeit Ohrenschmerzen, er vertrug das feuchte Wetter nicht gut. »Ohrenwärmer sommerlich aussehen zu lassen will gekonnt sein«, hatte ich gesagt, »aber ich werde tun, was ich kann.« Widerstrebend hatten wir eingesehen, dass wir früher als sonst von unserem Zelturlaub am Lutvann zurückkehren mussten, denn unsere Kleidung und das Essen und einfach alles war nass, und nichts trocknete, bis der nächste Regenschauer kam.

»Ich werde dir eine kleine Kiste zimmern«, fuhr Epsilon fort, »die neben deinem Sessel, der ja eigentlich mein Sessel ist, stehen kann.«

»Aber jetzt habe ich den Sessel so oft benutzt, dass er dir unmöglich länger passen kann.«

»Wie auch immer«, sagte Epsilon. »In der Kiste kannst du dann deine Stricksachen aufbewahren, ich habe die Maße schon im Kopf berechnet.«

Er verschwand stundenlang, er ist kein geborener Handwerker und hatte noch nie in seinem Leben eine Schreinerei betreten, und wenn ich das Lied vom vergnügten Schreiner singe, kann er gerade mal den Refrain mitsummen. *Ich hoble hin und her, ich hoble rund und hoble glatt ... Heidi-heida.* Ich hatte gerade die letzte Masche des Ohrenwärmers zugezogen, als er mit Holzplatten, Hammer, Zollstock und der teuersten Gehrungssäge, die er im ganzen Laden finden konnte, zur Tür hereinkam.

»Eine gewitzte Erfindung«, sagte Epsilon. »Damit werde ich ein paar schöne Leisten für die Kiste zurechtsägen.«

Ich betrachtete die Gehrungssäge lange. »Die erinnert mich an irgendwas«, sagte ich.

»An was denn?«

»Keine Ahnung.«

Zunächst ließ ich ihn auf der Veranda werkeln, ohne mich einzumischen. Dort stand er, mit dem Ohrenwärmer auf dem Kopf, nahm Maß und legte die Säge an verschiedenen Stellen an. Da es nicht so schien, als würde er in irgendeiner Form weiterkommen, fragte ich ihn schließlich, ob ich ihm beim Sägen helfen solle. Er sagte, das wäre gut, dann könne er sich auf das Ausmessen konzentrieren.

An seinem letzten Urlaubstag war die Kiste fertig, sie hätte nicht schöner sein können. Epsilon hatte sie lackiert, und als ich den Deckel öffnete, sah ich, dass er in den Boden die Widmung »Für meine geliebte Mathea« eingebrannt hatte. Normalerweise höre ich ihn nur »Ich liebe dich« sagen, wenn wir uns abends ins Bett legen und er glaubt, ich schlafe schon, worauf ich antworte: »Ich liebe dich von ganzem Herzen«, wenn ich glaube, dass er nun schläft. Und ich errötete, als ich die Worte auf dem Boden der Kiste las, und Epsilon errötete noch mehr, und keiner von uns verlor ein Wort darüber.

Mittlerweile ist eine Ewigkeit seit dem Tag vergangen, an dem Epsilon stolz die Kiste neben den Sessel stellte und ich feierlich meine Stricksachen hineinlegte. Ich wünschte, auch andere wüssten davon.

Ich lege alle Ohrenwärmer, es sind sicher siebzig oder mehr, einige davon winzig klein, in den Waschmittelkarton, dann stelle ich die leere Kiste auf den Küchentisch. Diese Kiste werde ich vergraben und etwas über Mathea Martinsen und darüber, wie sie ihr Leben verbrachte, hineinlegen, und was könnte passender sein, als mit einem Ohrenwärmer anzufangen. Ich suche den hellgrünen heraus, der an der Seite eine kleine Tasche mit Platz für Wechselgeld hat und für Epsilon beim Einkaufen so praktisch ist. Oder als Tarnung im Wald, wenn ein Krieg ausbricht. Dann kann er in der Tasche Schießpulver aufbewahren. Die Innenseite ist weiß, im Winter kann er sie nach außen drehen. Ich lege den Ohrenwärmer neben die Kiste auf den Küchentisch.

Ich gehe ins Wohnzimmer und stehe auf dem grünen Teppich, den wir damals kauften, um auch drinnen das Gefühl von Gras zu haben. Sofort schlug ich vor, die Zimmerdecke blau zu streichen, doch da sagte Epsilon, dann sollten wir lieber rausgehen.

Einen Großteil meines Lebens habe ich mit Fernsehen verbracht, ich versuche, die Rundfunkgebühren auszunutzen, so gut es geht. Einar Lunde, der Nachrichtensprecher, passt allerdings nicht mehr in die Kiste, und das ist auch gut so.

Auf dem kleinen Tisch neben dem Sofa liegt der Kartenstapel, mit dem wir »Schwarzer Peter« spielen. Das kommt nicht oft vor, denn ich bin ungeduldig, und Epsilon ist geizig, was nicht damit zu vereinbaren ist, dass Epsilon vor jedem Spielzug mehrere Minuten mit Wahrscheinlichkeitsrechnung zubringt und ich mich weigere, ohne Einsatz zu spielen.

Im Bücherregal steht unser Hochzeitsfoto, ich nehme es heraus und wische mit der Handfläche den Staub ab. Ich bin darauf nicht gut sichtbar, denn die Pappscheibe, die der Fotograf als Hintergrund verwendet hat, hat nahezu dieselbe Farbe (ein Sonnenuntergang, sagte der Fotograf) wie mein Kleid (ein Traum in Apricot, sagte die Zeitungsannonce). Auf dem Foto blicke ich mit aufblasenen Lippen zu Epsilon hinüber und überlege, ob ihm bewusst ist, worauf er sich eingelassen hat.

Davon abgesehen ist im Regal nicht viel Platz für etwas anderes als Epsilons Bücher, alle Bände des Statistischen Jahrbuchs außer dem Jahrgang 1880. Sie stehen ordentlich in Reih und Glied, und ich bringe es nicht übers Herz, eines davon herauszunehmen.

»Wusstest du, Mathea«, sagte er einmal, vor langer Zeit, aber ich erinnere mich noch deutlich daran, »dass es bei den Männern mehr oder fast genauso viele unnatürliche Todesursachen gibt wie bei den Frauen, egal, ob Brand, Vergiftung, Ertrinken, giftige Tiere und Pflanzen, Mord und so weiter und so weiter. Aber bei tödlichen Unfällen durch Sturz oder Fall sind Frauen in der Überzahl.«

»Das reimt sich ein bisschen«, sagte ich.

Aber Epsilon sah mich nur an, als könne er nicht fassen, was er gerade gelesen hatte. Nach einer Weile hörte ich auf zu lachen, wie so oft, wenn ich nicht weiß, welche Reaktion von mir erwartet wird. Epsilon sagte, dass diese Tatsache mich eigentlich nicht zum Lachen bringen, sondern eher nachdenklich stimmen sollte.

Alle Bücher müssen im Regal stehen, es sei denn, Epsilon liest gerade in einem von ihnen, und selbst dann missfällt ihm die entstandene Lücke. Aus demselben Grund liegt nie eines der Jahrbücher auf seinem Nachttisch. Auf meinem Nachttisch liegt die Bibel, weil Epsilon sagt, das sei das Buch, das für den Nachttisch am üblichsten wäre, und das allein ist für mich Grund genug.

Im Kleiderschrank im Schlafzimmer hängen unsere Sachen, und ich hole mein Brautkleid hervor, denn das kann ich in die Zeitkapsel legen. Ich überlege, was mit all unseren Sachen geschehen wird, wahrscheinlich werden sie weggeworfen und mit ihnen all die Erinnerungen, die daran hängen. Ich überlege auch, welcher der tiefste Binnensee der Welt ist.

Ich sah auf die langen Füße an meinem Ende herab, sie lagen ganz unten am Wasser. Meine Zehen streckten sich zur Sonne wie hungrige Kinder zur Breischüssel. Meine Füße waren schneller gewachsen als alle anderen Körperteile. Noch bevor ich in die Schule kam, waren sie ausgewachsen. Ich glaube, dass es ein listiger Trick der Natur war, damit ich in Anbetracht meines großen Kopfes nicht das Gleichgewicht verlor. Epsilon lag neben mir auf dem Bauch, fegte den Sand von seinen Buchseiten und blinzelte auf die Buchstaben hinunter. Ich sah zum Zelt hinüber und überlegte, ob ich mich dazu aufraffen sollte, meine Stricksachen zu holen.

»Wenn Leute kommen, musst du dir aber was anziehen«, sagte Epsilon.

»Erwartest du Gäste?«

»Es könnten ja Spaziergänger vorbeikommen.«

Einmal war immer das erste Mal, also bedeckte ich mich. »Weißt du noch, wie ich keine Augenbrauen hatte?«, fragte ich.

Epsilon blätterte um.

»Damals fiel es uns schwer, auf angemessene Weise miteinander zu kommunizieren«, fuhr ich fort.

Epsilon erwiderte nichts.

»Ich sprach von der elektrischen Spannung in der Luft und spielte auf das an, was zwischen uns geschah«, sagte ich, »aber du dachtest, ich meinte es wörtlich.« Ich wandte meinen Blick von der Sonne ab und schaute Epsilon an, er sah nicht aus, als hörte er zu. »Hast du die Geschichte schon mal gehört?«

»Ich war dabei«, antwortete Epsilon.

Ich verscheuchte einen Marienkäfer von seinem Ohr und setzte meine Erzählung fort: »Du sagtest allen Ernstes, dass ich meine Beine dicht nebeneinanderstellen sollte, wenn ich das nächste Mal kurz davor wäre, vom Blitz getroffen zu werden, um die Schrittspannung zu vermeiden.«

»Das ist eine Tatsache«, sagte Epsilon. »Und ich wäre nicht darauf gekommen, dass wir über etwas anderes sprachen als Naturphänomene.«

»Eben«, schloss ich. »Viele glauben, man hätte Augenbrauen, um die Augen vor Schweiß zu schützen, aber eigentlich dienen sie nur dazu, mit anderen Menschen zu kommunizieren. Wie wäre es mit einer kleinen Abkühlung?«

Ich stand bis zum Bauchnabel im Lutvann und wartete auf Epsilon. Er trippelte auf Zehenspitzen ins Wasser, fast seitwärts, wie eine Krabbe. Ich schüttelte den Kopf.

Der Küchentisch füllt sich, und es geht auf den Abend zu, ich bin schon eine halbe Nacht und einen ganzen Tag damit beschäftigt, und nun hält Einar Lunde die Nachrichten bereit. Heute berichtet er von Menschen, die es sich zum Ziel gesetzt haben, keine Spuren zu hinterlassen, weder beim Camping noch überhaupt im Leben, und ich könnte es vermutlich zum Ehrenmitglied dieser Bewegung bringen. Aber irgendetwas sagt mir, dass sie ihre Zeit nicht mit solchen Auszeichnungen vergeuden, und außerdem habe ich den ganzen Tag daran gearbeitet, Spuren zu hinterlassen, ich habe einen ganzen Küchentisch voll mit Spuren.

Eigentlich dachte ich, ich schliefe schon, aber dann fällt mir ein, dass ich noch nicht in der Kommode nachgesehen habe, ob sich dort etwas Vergrabenswertes findet. Es wäre schön, das Telefon zu verbuddeln, denn man stelle sich vor, es klingelt. Nicht auszudenken, wenn jemand anriefe.

Epsilon hat mich nur einmal angerufen, als wir das Telefon gerade neu hatten, er meldete sich von einer Telefonzelle direkt neben dem Wohnblock. »Dies ist ein Test, Tango Echo ... äh, Sierra Tango, dies ist ein Test«, hörte ich ihn sagen, bevor er auflegte.

Ich gehe in den Flur und setze mich vor die Kommode auf den Boden. In den oberen Schubladen liegen stapelweise alte Telefonbücher, und wenn mich jemand fragte, ob ich irgendein Hobby hätte, könnte ich sagen: Ja, ich bin Sammler. In der untersten Schublade liegt das Fotoalbum, die steifen Einbände knirschen, als ich es öffne. Die meisten Bilder stammen aus der Zeit vor meiner Geburt.

Vor Epsilon gab es nicht nur mich, sondern auch meine Mutter und meinen Vater und auch die Tante und den Onkel meines Vaters, vielleicht gab es sogar noch andere, von denen ich nichts wusste, niemand erzählte mir etwas. Erst als ich acht Jahre alt war, verriet mir das Nachbarmädchen, dass Mutter und Vater meine biologischen Eltern waren. Und sie konnte nicht damit hinter dem Berg halten, wie es dazu kam.

Als meine Eltern starben, verlor ich auch den Kontakt zu Onkel Hans und Tante Asta. »Es war das Beste für alle Beteiligten«, sagte ich zu Epsilon. Ich weiß, dass Hans ein paar Jahre später an einem angeborenen Defekt starb und Asta eine Woche nach seiner Beerdigung ohne besonderen Grund.

Eines der Fotos im Album ist nicht festgeklebt, es fällt mir in den Schoß. Es stammt aus einer Zeit, als ich noch nicht geplant war, wahrscheinlich war ich es nie, und zeigt Vater, Mutter, Hans und Asta. Es ist Sommer, und sie stehen aufgereiht unter einem großen Morellenbaum, sie haben sich rausgeputzt und lächeln, sogar Mutter. Ich habe das Bild immer gemocht, obwohl ich nicht drauf bin, und jetzt denke ich, genauso muss es sein, wenn man tot ist, wie als man noch nicht geboren war, und das war ja nicht die schlechteste Zeit.

Ganz hinten habe ich ein paar Fotos von einem Hund eingeklebt, den ich als Kind hütete. »Stig wedelt« steht mit krakeliger Kinderschrift darunter. Daneben klebt ebenfalls Stig: »Stig macht es sich mit einem Knochen gemütlich«, und das letzte Bild zeigt Stig und mich zusammen: »Stig (links)«.

Ich will das Fotoalbum gerade wieder in die Schublade legen, als ich den Frühstücksbeutel mit den Zähnen entdecke. Eine große, durchsichtige Tüte voller Zähne, ein Souvenir von meiner ersten und einzigen Arbeitsstelle.

»Ich habe eine gute Nachricht für dich«, sagte Epsilon, als wir noch nicht lange verheiratet waren.

»Gehst du in Rente?«

»Nein, ich habe doch gerade erst angefangen zu arbeiten«, sagte Epsilon, der das Statistische Bundesamt kaum betreten hatte, als ich ihn schon nach seiner Pensionierung fragte. Die Nachricht bestand darin, dass er mir einen Job als Putzfrau bei seinem Chef zu Hause vermittelt hatte. Ob es denn nicht schön für mich wäre, ein bisschen unter Menschen zu kommen?

»Aber ich bin nicht gern unter Menschen«, antwortete ich, »nur mit dir bin ich gern zusammen.«

»Tja, dann ist es wohl so.«

»Du kannst dich als etwas ganz Besonderes fühlen.«

Leider hatte er schon für mich zugesagt, und als er näher darüber nachdachte, meinte er, dass wahrscheinlich sowieso niemand zu Hause sein würde, wenn ich zum Putzen käme, also brauchte ich mir auch keine Gedanken darüber zu machen. Er lächelte so zufrieden, dass ich mich nicht traute, auf den logischen Bruch in seiner Argumentation hinzuweisen, in einer Ehe muss man manchmal großzügig sein. Es geht darum, auch zu geben, nicht immer nur zu nehmen.

Nachdem ich das Putzen erledigt hatte, war auch meine Charakterstärke am Ende, sodass ich anfing, in Schränke und Schubladen zu sehen. Das erste Interessante, das ich fand, war etwas, was wie eine Zigarrenkiste aussah, doch als ich sie öffnete, war ich verblüfft, denn sie war voller Zähne, mehr als ich zählen konnte – und ich habe es tatsächlich versucht. Es waren Milchzähne und Backenzähne mit und ohne Füllung, Goldzähne und Weisheitszähne. Nun ist es so, dass ich Menschen mit vielen Zähnen schon immer beneidet habe, denn ich konnte nie zum Zahnarzt gehen, ich hätte nur das Gefühl gehabt, dass meine Zunge im Weg wäre, und so gerieten meine Zähne bereits früh durcheinander und purzelten mir nach und nach aus dem Mund. Schon als ich jung war, ahnte ich, wo es hinführen würde, und noch heute bekümmert mich meine Zahnstellung, wenn ich eine Gurke esse und die kreuz und quer laufenden Bissabdrücke sehe. Mein Neid trieb mich also dazu, die Zahnsammlung mit nach Hause zu nehmen. Dort füllte ich die Zähne in einen Frühstücksbeutel um, und innerlich wusste ich, dass sie mir früher oder später von Nutzen sein würden. Ich legte den Beutel in die unterste Kommodenschublade unter das Fotoalbum, damit Epsilon sie nicht finden konnte, das Fotoalbum hat ihn nie interessiert. »Wir müssen im Hier und Jetzt leben, Mathea«, sagte er immer.

Epsilon kaufte zur Feier des Tages in der Konditorei Kuchen. Doch schon wenige Tage später war ihm leicht anzusehen, dass etwas schiefgelaufen war. Ich befürchtete, der Chef hätte entdeckt, dass seine Zähne gestohlen worden waren, aber das erwähnte Epsilon nicht. Er erklärte lediglich, der Chef habe keinen Bedarf mehr an einer Putzhilfe. »Und das, wo du so gut dabei warst, Mathea«, sagte er. »Es tut mir so leid.«

Ich tröstete ihn, so gut ich konnte. »Jetzt kann ich wieder mehr Zeit mit dir verbringen.«

»Aber ich bin doch auf der Arbeit«, entgegnete Epsilon.

»Ja, aber in Gedanken.«

Epsilon strich mir über die Wange.

»Ich bin die beste Ehefrau der Welt«, sagte ich.

Epsilon bemerkte meine Enttäuschung nicht. Ich hätte zwar nicht erwartet, dass der Chef ein Abschiedsfest mit ausgefallenem Motto für mich veranstaltet, aber ein Dank für den Einsatz wäre hübsch gewesen.

Ich überlege, ob ich den Frühstücksbeutel mit den Zähnen in die Zeitkapsel legen soll, DNA kann nie schaden. Aber idealerweise sollte es wohl die eigene DNA sein, und obwohl einige der Zähne in dem Beutel von mir stammen, habe ich keinen Überblick, welche. Und im Mund habe ich meiner Meinung nach zu wenige Zähne, um einen davon opfern zu können. Mit Haaren bin ich auch nicht reich gesegnet. Aber das kümmert mich nicht besonders, jeder zweite russische Herrscher hatte eine Glatze. Ein bisschen tote Haut müsste ich jedoch entbehren können. Alle Menschen haben unterschiedliche DNA, und es ist ein schöner Gedanke, dass ich einzigartig bin, bis ich darauf komme, dass jeder Chinese es auch ist.

Ich habe noch einen Tag damit zugebracht, Dinge zu finden, die ich vergraben kann, und jetzt muss ich auf die Dunkelheit warten. Ich schalte Einar Lunde ein. Er hat sein Kinnbärtchen getrimmt, aber der kleine Hamster, den er unter der Nase trägt, führt nach wie vor ein Eigenleben.

»Willst du nicht die Tagesrevue mit mir gucken?«, frage ich Epsilon.

»Nein, ich lese gerade«, antwortet er und blättert weiter in einer Ausgabe des Statistischen Jahrbuchs. »Hier finde ich alle Informationen, die ich brauche.«

»Aber es könnte doch was passiert sein.«

»Allein der Gedanke daran, dass etwas passiert sein könnte ... «

» ... treibt dir fast die Tränen in die Augen«, ergänze ich.

Einar Lunde erzählt etwas von Menschen, die sterben, und den ganzen Abend über sterben sie zu jeder vollen Stunde, bis zu den Spätnachrichten. Ich verstehe nicht, wie die Leute das ertragen können, wir sollten den Aufstand proben.

Ich esse wieder was, aber nur, weil ich muss, und über-lege, einen Zettel zu schreiben und ihn in die Zeitkapsel zu legen. Ich kann etwas über mich schreiben, ohne dass es wie eine Kontaktanzeige klingt, obwohl es das vielleicht in gewisser Weise ist. Das Einzige, was mir einfällt, sind mein Name und mein Hobby. Also schreibe ich in ordentlichen Druckbuchstaben »ICHHEISSEMATHEAUNDBIN EINSAMMLER«, und als ich meinen Satz lese, fällt mir auf, was herauskommt, wenn man die letzten vier Buchsta-ben streicht. Ob Epsilon das auch bemerkt hätte? Ich setze meinen Fingerabdruck darunter, wegen der DNA, und als genetisches i-Tüpfelchen niese ich einmal darauf.

Weniger ist mehr, sage ich mir, bevor ich es noch einmal sage, diesmal etwas lauter. Nach vielem Hin und Her habe ich mich endlich entschieden, was ich in die Zeitkapsel lege und was auf dem Zettel stehen soll, es ist längst nicht so viel, wie ich gedacht habe. Ich stehe am Küchenfenster und sehe hinaus, alle Fenster im Wohnblock auf der anderen Seite sind dunkel. Ich werde die Kiste genau in der Mitte der Grünfläche zwischen den beiden Häuserblocks vergraben, damit ich sie leicht wiederfinde, falls ich es mir anders überlege und die Kiste wieder ausgraben muss, was nicht unwahrscheinlich ist, und außerdem kann ich den Ort vom Küchenfenster aus überblicken. Als ich so dastehe und Pläne schmiede, muss ich die Augen schließen, mir wird ganz warm unter den Lidern, vielleicht hätte ich einfach mich selbst vergraben sollen, statt dieses Kistenspektakel zu veranstalten. Ich weiß nicht, ob es das wert ist und ob das Leben es wert ist, gelebt zu werden, wahrscheinlich werde ich das auch erst nach meinem Tod erfahren, und vermutlich nicht einmal dann.

Ich sollte dunkle Sachen tragen, Ton in Ton mit der Dunkelheit draußen. Das passt gut, ich habe nur zwei Kleider, ein schwarzes und das apricotfarbene Brautkleid, also wähle ich das schwarze.

»Du solltest dir mal eine etwas farbenfrohere Jacke stricken«, rät Epsilon, »wo du doch immer so tüchtig bist mit deinen Stricknadeln. Nicht dass deine graue Jacke oder das schwarze Kleid verkehrt wären, aber ein bisschen Farbe würde sich gut machen. Wie wäre es zum Beispiel mit dem Pflaumenrot, das du bei deinem letzten Ohrenwärmer verwendet hast?« Aber ich hätte niemals Pflaumenrot tragen können. Es reicht doch vollkommen, wenn ich neben Epsilons Ohrenwärmer hergehe.

Wir haben einen Spaten in der Abstellkammer. »Es ist praktisch, einen Spaten in der Abstellkammer zu haben«, sagt Epsilon, »eines Tages wirst du mir noch für diesen Spaten danken, da bin ich sicher.« Ich habe ihn schon einmal benutzt, um ein Kaninchen zu begraben, aber ich danke Epsilon noch einmal, als ich mit dem Spaten in der Hand und der Kiste unter dem Arm nervös am Türspion stehe. Dann schleiche ich mich aus der Tür hinaus und die Treppe hinunter. Die Luft draußen ist kühl und frisch, ich atme die Dunkelheit tief in meine Lungen ein und versuche, mich zu beruhigen, ich war schon lange nicht mehr nach der Tagesrevue draußen. Ich hörte damit auf, als diese Therese entführt wurde. Die Titelseiten der Zeitungen waren voll mit Bildern von ihr, sie war eines Tages verschwunden, als sie draußen spielte, von der Erdoberfläche verschluckt. Erst war sie da, auf der Straße, neben ihrem Wohnblock, und plötzlich war sie weg. Ich erinnere mich an den Brief ihrer Mutter, in dem sie den Kidnapper bat, ihr Therese zurückzugeben. Von dieser Sache wurde ich etwas seltsam, möglicherweise lag es aber auch mehr an den Wechseljahren.

Ich war ständig auf der Hut. Wenn mich jemand nach dem Weg fragte, rannte ich, so schnell ich konnte, in die andere Richtung. Ich ging in unserer Straße an einem Auto vorbei und bekam ein mulmiges Gefühl im Bauch, als ich auf dem Armaturenbrett einen schwarzen Lederhandschuh liegen sah, denn wo war der zweite?

Ich überzeugte Epsilon davon, dass wir uns ein Kaninchen anschaffen sollten, aber ich verriet nicht, dass ich es nur deshalb wollte, weil ich nicht mehr gern allein in der Wohnung war. Er hätte es nicht verstanden. »Ich bin einfach schrecklich tierlieb«, sagte ich, »fast wie Hitler.«

Doch noch am selben Abend, als wir das Kaninchen bekamen, fing es an, sich zu übergeben. Ich hatte es nicht einmal geschafft, das Kaninchen zu taufen, ja ich hatte es kaum gestreichelt, also kann es nicht meine Schuld gewesen sein. Ich konnte nicht anders, als die ganze Nacht wach zu bleiben und zuzusehen. Als Epsilon aufstand, war ich im Morgengrauen bereits draußen gewesen und hatte es beerdigt.

»Wo denn?«, fragte Epsilon.

»Das verrate ich nicht«, sagte ich. »Ich möchte nicht, dass du rausgehst und es wieder ausgräbst.«

Dann legten wir uns Fische zu, doch ich hatte trotz ihrer Anwesenheit im Aquarium Angst, wenn ich die Tür aufschloss, nachdem ich in der Bibliothek gewesen war. »Hallo, Epsilon«, sprach ich laut in die Stille hinein, damit der Entführer hinter der Gardine oder der Schlafzimmertür es hören konnte. »Wie war dein Karatekurs?« Dann rief ich: »Nein, Epsilon, warum liegt deine Pistole denn schon wieder mitten auf dem Boden? So eine Unordnung!«

Mit der Zeit ließ meine Angst nach, und die Hitzewellen verschwanden, ohne dass ich groß darüber nachdachte. Aber die kleine Therese werde ich nie vergessen.

Mit dem Spaten über der Schulter gehe ich zur Mitte der Grünfläche, inständig hoffend, dass niemand mich sieht. Dann müsste ich behaupten, ich wäre draußen, um Müll aufzusammeln. Ich beginne zu graben. Meine Arme werden schnell müde, und ich muss bald aufgeben, aber immerhin habe ich ein so großes Loch gegraben, dass die Kiste genau hineinpasst. »Viel Glück«, sage ich, und es irritiert mich, dass mir nichts einfällt, was sich reimt. Dann bedecke ich die Kiste mit Erde und Torf. Zum Glück ist der Rasen ohnehin in einem schlimmen Zustand, ich glaube nicht, dass man erkennen kann, wo ich gegraben habe, hoffentlich ist die Dunkelheit in dieser Hinsicht nicht trügerisch. Mit schnellen Schritten gehe ich wieder ins Haus. Aus dem Augenwinkel sehe ich einen Zettel am Schwarzen Brett, mir war kaum bewusst, dass wir überhaupt ein Schwarzes Brett haben, so sehr war ich immer damit beschäftigt, auf den Boden zu sehen. Auf dem Zettel steht: »NACHBARSCHAFTSINITIATIVE!!!!!!«, und ich muss einen Schritt zurücktreten, ist es denn wirklich nötig, so zu schreien? Ich wage es nicht, den Rest zu lesen, und eile die Treppen hinauf.

Ich kratze mich am Stich, bis es blutet. Das reimt sich ein bisschen. Vielleicht waren es die Mückenstiche, die ich mir draußen in der Dunkelheit geholt habe, die mich den Rest der Nacht wach gehalten haben, oder das Adrenalin vom Graben oder der Zettel zur Nachbarschaftsinitiative. Ich betrachte meine blutige Fingerkuppe. Wie gut, denke ich, noch ein Beweis dafür, dass ich lebe, neben dem Küchenfenster, das beschlägt, wenn ich den Mund aufreiße, um meine Zahnstellung zu kontrollieren. Gleichzeitig ängstigt mich der Gedanke, dass mir der Anblick von Blut gefällt, und ich beeile mich, an etwas anderes zu denken. Ich tupfe den Finger mit einer Serviette ab und blicke auf die Grünfläche hinaus. Man kann nicht sehen, dass jemand dort gegraben hat, es sei denn, man weiß es, und da man es nicht weiß, müsste ich erleichtert ausatmen können. Aber die Kiste, die mir helfen sollte, hilft nicht. Ich überlege, warum, vielleicht wirkt sie erst, wenn sie jemand wieder ausgräbt, aber bis dahin liege ich wahrscheinlich längst selbst unter der Erde.

Nach dem Frühstück beschließe ich, in den Laden zu gehen, obwohl mir rein gar nichts fehlt. Unten im Treppenhaus fällt mein Auge zunächst auf die Ankündigung eines gemütlichen Beisammenseins im Seniorenzentrum, mir wird auf der Stelle unwohl, und ich lese stattdessen den Zettel über die Nachbarschaftsinitiative. Sie findet am Wochenende statt, steht dort, aber mehr schaffe ich nicht zu lesen, da ich ein Geräusch im ersten Stock höre und aus der Tür hasten muss.

Eine Nachbarschaftsinitiative hat es bei uns noch nie gegeben, früher hat sich der Hausmeister um alles gekümmert, aber der ist ja tot. Merkwürdig, dass man noch keinen neuen gefunden hat. Ich kann nicht zur Nachbarschaftsinitiative gehen, das ist ein Ding der Unmöglichkeit. Andererseits besitze ich diesen Spaten, vielleicht brauchen sie jemanden mit Spaten, und außerdem muss ich aufpassen, dass niemand genau dort harkt, wo die Kiste vergraben liegt. Vielleicht könnte ich Brötchen backen, um mich bei den Nachbarn beliebt zu machen, vielleicht würde man mich zur Wohnblockbewohnerin des Jahres küren, und das Groruddaler Wochenblatt käme vorbei und würde ein Bild von mir machen, während die anderen Bewohner mich über die Grünfläche tragen. Den Gedanken, auf Händen getragen zu werden, fand ich schon immer reizvoll.

Ich habe das Waldstück passiert, wo diesmal aber nur ein Pilz am Wegrand stand. Das reimt sich. Es war ein Knollenblätterpilz, die sind lebensgefährlich. Statt enttäuscht zu sein, sage ich mir, dass ich mein Glück nicht von anderen Leuten abhängig machen darf. Sei deines eigenen Glückes Schmied, Mathea.

Im Laden kaufe ich Zutaten für Dutzende Brötchen und Baisers und dazu drei verschiedene Marmeladengläser. Als ich an der Kasse stehe, wird mir plötzlich bewusst, dass all diese Sachen unmöglich in mein Einkaufsnetz passen und ich gezwungen sein werde, nach einer Tüte zu fragen, doch dann fällt mir ein, dass neuerdings viele Schweden in Norwegen arbeiten, es kam gerade erst in den Nachrichten, und ich habe keine Ahnung, was Tüte auf Schwedisch heißt. Doch der Kassierer legt ungefragt und ohne mich anzusehen zwei Tüten aufs Band, und ich bin erleichtert und flüstere ein »Danke«, das eher wie ein Schluckauf klingt.

Die Tüten und das Einkaufsnetz wiegen schwer in meinen Händen, und das passt mir gut, ich habe Muskelkater von der nächtlichen Grabung und spüre gern, dass ich etwas getan habe. Muskelkater ist wohl mein Lieblingsgefühl. Nach Liebe natürlich. Manchmal habe ich sogar in der Zunge Muskelkater, denn obwohl Epsilon meistens ohne Zungeneinsatz küsst, küsse ich ausnahmslos mit. So weiß ich, dass er noch da ist, der einzige menschliche Muskel, der nur an einem Ende mit dem Körper verbunden ist. Eine Tatsache, über die ich nicht gern lange nachdenke. Sie erinnert mich an alles, was ich verloren habe. An all die Drachen, die mir als kleines Kind davongeflogen sind, jedes Mal riss sich die Schnur los. An den Hund, den ich ausführte, die Leine entglitt mir, und ich sah Stig nie wieder.

Trotz des Muskelkaters hole ich mühelos alle ein, die vor mir den langen Hügel hinaufgehen. Diesmal lese ich mir den Zettel am Schwarzen Brett durch. »Nächsten Samstag treffen wir uns zur Nachbarschaftsinitiative«, steht dort geschrieben. »Anwesenheitspflicht für alle Bewohner!!!!« Ich schlucke und überfliege den Rest, so schnell ich kann, um zu prüfen, ob der Text noch Schlimmeres birgt, wobei ich mir kaum etwas Schlimmeres vorstellen kann als das eben Gelesene. »Wir wollen unseren neuen Hausmeister Leif mit einem großen Gemeinschaftseinsatz willkommen heißen und alles daransetzen, den Titel als schönste Wohnanlage in Groruddalen zurückzuerobern!« Oh nein, denke ich und lasse mich zugleich doch aufstacheln, jetzt muss ich einfach hin, ich will ja nicht riskieren, dass man mich ausstößt. Dann aber lese ich die letzte Zeile, in der steht, dass Ältere und Behinderte von der Anwesenheitspflicht ausgenommen sind, und bin erleichtert und enttäuscht zugleich.

Als ich im zweiten Stock ankomme, steht June in der Tür und schüttelt den Kopf, man könnte fast meinen, er wolle es mit mir aufnehmen. Ich gehe hinein und beginne zu backen.

Ich habe schon immer süße und salzige Brötchen gebacken, aber meine Spezialität waren Baisers, und Stein verschlang bis zu seinem Tod große Mengen davon. Ich versuchte Epsilon und mir einzureden, er hätte Selbstmord begangen. »Er wirkte in letzter Zeit etwas schwermütig«, sagte ich. In Wahrheit war ich diejenige, die ihn umbrachte. Er war unser Kinderersatz, denn Epsilon und ich konnten keine Kinder bekommen, sosehr wir es auch versuchten. Anfangs dachten wir, es läge an unserem Etagenbett.

»Wie ich dich kenne, willst du lieber oben liegen«, sagte Epsilon.

»Nein«, sagte ich, obwohl ich eigentlich ja meinte, und so kletterte Epsilon mit wackeligen Schritten nach oben. Er litt unter Höhenangst, seit er einmal eine Leiter erklommen und die Erfahrung gemacht hatte, dass es viel leichter ist, hinaufzusteigen als wieder herunter. Es muss daran liegen, dass unsere Augen den Händen näher sind als den Füßen.

Epsilon ist ein extremes Beispiel dafür, und schließlich sah ich ein, dass ich dem Grauen ein Ende setzen und ihn herunterkommen lassen musste, zu mir, mit der etwas nicht ganz stimmte, wie sich später irgendwann herausstellte. Hätte ich das vorher gewusst, wäre mir vieles erspart geblieben. Nachdem das Nachbarsmädchen von Samenzellen erzählt hatte, die in einen hineinschwimmen und einen befruchten, wenn man am wenigsten damit rechnet, war ich fest entschlossen, dass mir so etwas nie zustoßen sollte, sodass ich von da an all meine Unterhosen übereinanderzog, bevor ich abends in die Badewanne stieg. Und vielleicht war ich so darauf versteift, mich nicht befruchten zu lassen, dass es sich später nicht mehr ändern ließ. Also bekamen Epsilon und ich stattdessen einen Dalmatiner.

Wir diskutierten lange darüber, ob er Black oder White heißen sollte. »Warum nicht etwas weniger Rassistisches«, schlug ich vor, »wir sind doch aufgeklärte Bürger. Lass ihn uns King nennen, nach Martin Luther King, lass uns ein Exempel statuieren!« Also nannten wir ihn King, und das ging so lange gut, bis der erste Schwarze nach Haugerud zog. Statt in seinem Schritt zu schnüffeln, wie er es bei allen anderen tat, wurde King rabiat und kläffte und stürzte sich auf den armen Mann. Zunächst dachten wir, es handele sich um einen einmaligen Ausrutscher, doch die Sache wiederholte sich wieder und wieder. Unser Hund war ein intoleranter Zeitgenosse, und obwohl wir ihn schätzten, hielten wir es nicht länger für vertretbar, ihn nach Martin Luther King zu benennen, sodass wir ihn stattdessen nach Epsilons Onkel tauften. Fortan hörte er auf den Namen Stein, eine Ironie des Schicksals, wenn man bedenkt, wie er zu Tode kam.

Es war im frühen Herbst, und Stein und ich spazierten wie üblich zum Lutvann. Ich hatte Baisers in der Tasche, die ich ihm warf, es war die einzige Möglichkeit, ihn zum Laufen zu bewegen. Am See angekommen, stellten wir uns ans Wasser, weil Stein so gern beobachtete, wie die Wellen ans Ufer schlugen. Epsilon hatte den Verdacht, Stein wäre intelligent, weil er oft dasaß und lächelte, wenn Epsilon von Statistik erzählte. Endlich einmal jemand, der eine gute Normalverteilung zu schätzen wusste. Mit dem gleichen listigen Lächeln saß Stein am Ufer und sah über den Lutvann. »Es steckt viel Mathematik in einer Welle«, erklärte Epsilon. An jenem Tag wehte ein leichter Wind, und ich schleuderte Steine ins Wasser, damit unser kleiner Einstein etwas zum Nachdenken hatte, und während wir so dastanden, wurden wir plötzlich von einer ganzen Schulklasse umringt, Hunde üben eine magnetische Wirkung auf Schulklassen aus. Es gab kein Entkommen. »Guck mal, der fette Hund da«, sagte ein dicker Junge. Ist es nicht immer so, dass die dicksten Jungs das frechste Mundwerk haben? »Kann der überhaupt schwimmen?«, fragte ein anderer. Ich wusste nicht, was ich antworten sollte, Stein hatte noch nie Interesse am Schwimmen bekundet. Die Kinder lachten, und ich war peinlich berührt und flüsterte: »Schwimm, Stein, schwimm!«, doch er lächelte nur. Offenbar bedurfte es eines Baisers. Ich steckte meine Hand in die Tasche, die Tüte raschelte und Stein war mit einem Mal putzmunter, doch die Tüte war leer. Wollen wir doch mal sehen, wie schlau du wirklich bist, dachte ich, bevor ich drei schnelle Schritte und eine übertriebene Wurfgeste in Richtung Wasser machte. Stein hüpfte hinein, das Wasser spritzte einige Kinder nass, was ihnen ganz recht geschah, und dann begann er zu schwimmen. Normalerweise musste er nicht weit laufen, wenn ich ein Baiser warf, denn ein Baiser zu werfen ist so, als werfe man einen Wattebausch, aber vielleicht ließ er sich von meinem Anlauf täuschen, er schwamm immer weiter hinaus. Ich kratzte mich am Kopf. Wann würde er merken, dass es gar kein Baiser gab, dass ich nur Luft geworfen hatte? Ich war besorgt. »Wo will er hin?«, fragte ein Mädchen. Bald konnte ich nur noch den schwarzen Kopf sehen, der auf- und untertauchte, und dann war Stein weg. »Er ist weg«, sagte der Dicke. Die Kinder sahen abwechselnd zum Wasser und zu mir, und ich wusste nicht, was ich tun sollte, also tat ich, als wäre nichts.

Nach einer Weile wandten sich die Kinder zum Gehen, während ich über das Wasser spähte, bis es Abend wurde und die Sonne verschwand. Dann ging ich nach Hause und erzählte Epsilon, dass Stein von uns gegangen sei. »Die Wahrscheinlichkeit, dass so etwas passiert, muss geringer als ε sein, weil ε eine mikroskopisch kleine Menge ist«, sagte Epsilon, als ich ihm erzählte, wie es geschehen war.

Ich backe und überlege, wie ich trotzdem zur Nachbarschaftsinitiative gehen könnte, denn wenn ich schon nicht behindert bin, so doch auf jeden Fall älter, niemand wird erwarten, dass ich komme, und es gibt nichts Schlimmeres, als die Erwartungen anderer zu enttäuschen.

Strebsam war dein Leben, treu und fleißig deine Hand, nun sei Friede dir gegeben, ruhe sanft und habe Dank.

Nachts liege ich nicht mehr gern auf dem Rücken, ich fühle mich wie eine Leiche, besonders, wenn ich meine Beine dicht nebeneinanderlege, wie ich es fast immer tue, und die Hände falte. Das Gefühl, in einen Sarg zu passen, ist äußerst unbehaglich, also liege ich jetzt meistens auf dem

Bauch, die Knie nach außen gedreht wie ein Frosch, ich habe flexible Hüften.

Manchmal schlafe ich und wache davon auf, dass das Telefon klingelt. Ich traue mich nicht ranzugehen, aber Epsilon sagt, ich muss, denn es könnte wichtig sein. Doch dann stellt sich heraus, dass ich es nur geträumt habe.

Es ist der Tag der Nachbarschaftsinitiative, mehrere Nachbarn stehen auf der Zeitkapsel, was ein schönes Gefühl ist, als wäre ich auch mit dabei, aber natürlich lässt sich das nicht vergleichen. Sie reden und lachen, sollte es denn nicht eigentlich ums Arbeiten gehen? Ich hätte gedacht, dass die Stimmung eher gedrückt sein würde, aber einigen scheint die Zwangsarbeit ziemlich gut zu gefallen.

Auf meiner Arbeitsplatte liegen die Brötchen, und die Marmeladengläser stehen bereit, aber ich kann nicht nach unten gehen. Was sollte ich denn sagen, hier bin ich und bringe Brötchen und Marmelade mit, das klingt doch völlig albern. Vielleicht hätte ich mir ein Fleckchen Gras ganz am Ende suchen und etwas Müll sammeln können, es gibt genug zu finden. Aber was, wenn mich jemand entdeckt und nicht wiedererkennt und glaubt, ich wäre jemand von der benachbarten Mietgenossenschaft, der gekommen ist, um die Blumenbeete zu verwüsten, damit die Nachbarhäuser wie ein besserer Ort zum Leben erscheinen und zum zweiten Mal in Folge zur schönsten Wohnanlage in Groruddalen auserkoren werden. An der Nachbarschaftsinitiative scheinen tatsächlich nicht viele Ältere teilzunehmen, aber manche sehen ziemlich jämmerlich aus, schlimmer als ich, und eigentlich ist so ein krummer Rücken beim Müllaufsammeln gar nicht mal unpraktisch. Einer der Männer hat nur ein Bein, aber er ist ein Ass an der Harke, er harkt hier und dort und hüpft eifrig umher, dabei hätte er genauso gut zu Hause bleiben und sagen können: »Es tut mir leid, aber ich habe nur ein Bein.« Ich wünschte, ich könnte das sagen.

Aber das einzig Ungewöhnliche, mit dem ich prahlen könnte, ist, einmal vom Blitz getroffen worden zu sein, und eigentlich kann ich nicht einmal damit prahlen, denn schließlich traf der Blitz mich und nicht umgekehrt. Da wurde ich von Epsilon gesehen, er muss mit einer übernatürlichen Kraft geboren worden sein, die ihm das möglich machte. Dass wir zusammenfanden, war auch eher sein Verdienst als meines.

Aber ich konnte schon immer gut Kartenspiele sortieren. Ich mischte sie, »sieben Mal ist die statistisch richtige Anzahl, um ein Kartenspiel zu mischen«, sagte Epsilon, »nicht mehr und nicht weniger«, und dann sortierte ich sie wieselflink nach Zahlen und Farben. »Du bist eine tüchtige Kartensortiererin«, sagte Epsilon. Da wurde mir ganz warm ums Herz, und ich tat so, als fielen mir aus Versehen die Karten auf den Boden, obwohl ich sie absichtlich fallen ließ, damit ich sie noch einmal sortieren konnte. Außerdem war ich tüchtig darin, eine neue Toilettenpapierrolle anzubrechen, dort, wo sie zusammengeleimt ist, ohne den kleinsten Riss im Papier zu hinterlassen. »Epsilon«, rief ich, wenn ich wusste, dass die Zeit reif war, eine neue Rolle anzufangen. »Bist du auf dem Klo fertig?« Dann ging ich hin und brach die Rolle perfekt an, bevor ich sieben Blatt davon abriss, die statistisch richtige Anzahl, nicht mehr und nicht weniger.

Wenn Epsilon arbeitete, war ich allein zu Hause und tat nicht viel. Ich hütete keine Kinder und putzte nur oberflächlich und nie ganz oben. Hin und wieder spülte ich meine Augen in unseren kleinen Schnapsgläsern, aber heute denke ich, dass ich zu wenig getan habe und nichts von Bedeutung.

Ich beobachte June und die anderen Nachbarn, die zum Gemeinwohl beitragen, und wünschte, ich stünde unter Hausarrest. Gefangen in meinem eigenen Heim, wie Aung San Suu Kyi. Dann könnte ich nie vor die Tür gehen, und alles, was ich sähe, wären diese Wände und der Boden und die Decke meiner eigenen Wohnung, tagein und tagaus. Ich könnte nichts dagegen tun, mein Leben würde sich nie verändern. Draußen würde sich die Welt für meine Befreiung einsetzen. Amnesty International würde Kampagnen führen, Menschen aller Länder würden Briefe an die Machthaber schreiben, die mich gefangen hielten, sie würden demonstrieren und Parolen rufen: »Wir weichen keinen Fingerbreit! Freiheit, Freiheit! Wir werden's immer weiterschrein: Mathea wollen wir befrein!«, mit energischer Betonung der Reimsilben, und ich träume von meiner Befreiung per Krankenwagen; aber nichts hilft, und es wäre schön, eine andere Ausrede parat zu haben.

Draußen haben sie jetzt Würstchen ausgepackt. Wie ulkig, dass Würstchen auch nach so vielen Jahren noch heiß begehrt sind, ich erinnere mich genau daran, wie Onkel Hans damals aus Amerika zurückkam und als abschreckendes Beispiel ein Würstchen im Brot mitbrachte. Nicht auszumalen, wie peinlich es gewesen wäre, wenn ich meine Brötchen angebracht hätte, wahrscheinlich sind sie mittlerweile völlig außer Mode.

Ich sehe einen Mann, der der neue Hausmeister sein muss, er trägt einen Pullover, auf dem »Hausmeister Leif« steht, aber es könnte sich natürlich auch um einen Bewunderer handeln. Er hält ein Würstchen in der einen Hand und ein winzig kleines Mädchen an der anderen, wenn er es losließe, würde er es wahrscheinlich nie wiederfinden. Er steht da und unterhält sich mit seinen neuen Nachbarn, als das Mädchen an seinem Arm zu zerren beginnt, um seine Aufmerksamkeit zu erlangen. Während er sich zu ihr dreht, wandert sein Blick am Wohnblock entlang, und plötzlich, ganz ohne Vorwarnung, sieht er direkt zu mir in den zweiten Stock hoch. Hastig verschwinde ich hinter der Gardine. Genau so hat es sich angefühlt, als ich damals vom Blitz getroffen wurde, es ist, als erlebte ich aufs Neue den Moment, in dem meine Augenbrauen weggeschmort wurden. Ich wage es nicht, mich wieder zu zeigen, denn was, wenn er immer noch dort steht und zu mir hochsieht und überlegt, ob er mich auf ein Würstchen nach unten bitten soll, ich kann mich kaum erinnern, wie man diese langen Teufelsdinger isst, von der Verdauung mal ganz abgesehen. Und was soll ich machen, wenn er klingelt? Ich darf einfach nicht öffnen und muss so tun, als ob ich schlafen würde. Hoffentlich glaubt er nicht, ich wäre akut erkrankt. Sobald ich höre, wie er die Tür mit einem Dietrich zu öffnen beginnt, muss ich laute Schnarchgeräusche von mir geben. »Sie hat sich wahrscheinlich hingelegt«, wird Leif dann sagen, »wir sollten sie schlafen lassen, sie kann ja auch morgen noch von den Resten essen.«

Ich bleibe bis spät in den Abend stehen und spähe durch den Spalt zwischen Fensterrahmen und Gardine hindurch, und niemand versucht, meine Tür aufzubrechen. Die Grünfläche leert sich im gleichen Takt von den Menschen wie meine Arbeitsfläche von den Brötchen, und als die Dunkelheit hereinbricht, sind beide geleert. Ich beiße in das letzte Brötchen. Ach und wehe, denke ich, als ich die Zahnabdrücke sehe.

In der Zeitung lese ich einen Artikel von einem Arzt, der vom Hundertsten ins Tausendste kommt. In einem Nebensatz erwähnt er »memento mori«, was »bedenke, dass du sterben musst« bedeutet. Das ist es also, was ich habe. Ich überlege, ob man es heilen kann. Aber dafür müsste ich zu einem Arzt gehen, und das kann ich nicht. Ich war schon einmal da.

Epsilon und ich machten einen Sonntagsspaziergang, ich hatte mich bei ihm untergehakt und war erschöpft und wirr im Kopf von seinem Gerede, das kein Ende nehmen wollte. »Psst!«, beeilte ich mich zu sagen, bevor der Kloß in meinem Hals zu groß wurde. Epsilon sah mich an. »Ich dachte, ich hätte einen Kuckuck gehört«, sagte ich. Epsilon lauschte, doch nach einigen Sekunden der heißersehnten Stille nahm er den Faden dort wieder auf, wo er ihn fallengelassen hatte. Schließlich hielt ich es nicht länger aus, und ich zog meinen Arm zu mir. Der Weg des geringsten Widerstands, wie typisch für mich, dachte ich. Dann lief ich den Hügel hinab, so schnell ich konnte. Epsilon blieb auf dem Gipfel stehen, vielleicht redete er noch immer über all die Widrigkeiten, mit denen Junes Mutter hatte kämpfen müssen. Meine Beine folgten zwar halbwegs dem Rest meines Körpers, aber dennoch gab es da etwas, was mich bremste, und ich wusste nicht, was. Aber ich wusste, was Epsilon sagen würde: »Das hätte dir der gesunde Menschenverstand sagen müssen. Was habe ich dir über Frauen und Stürze erzählt, Mathea?« Ich rannte noch schneller, der gesunde Menschenverstand war ausgeschaltet. So fühlt es sich an, wenn man so schnell läuft, wie man kann, dachte ich kurz, und dann kam der Sturz. Das reimt sich.

Ich lag mit dem Gesicht im Schotter und konnte einen Krankenwagen hören, der sich wie immer entfernte, statt zu mir zu kommen. Dafür näherte sich Epsilons Stimme, und solange ich ihn hatte, brauchte ich keinen Krankenwagen.

»Matheamathea«, rief er, »dein Bein steht im rechten Winkel vom Körper ab, wir müssen einen Krankenwagen rufen.«

»Nein, nein, es geht schon«, sagte ich und sah zu ihm auf. »Lass uns keinen unnötigen Zirkus veranstalten.«

»Aber du musst auf jeden Fall zu einem Arzt und diese Hüfte wieder einrenken lassen.«

»Nein, es geht mir gut.« Ich lächelte, um ihn zu beruhigen, doch dabei fiel mir ein Zahn aus.

»Ich glaube, du täuschst dich«, sagte Epsilon. »Ich rufe ein Taxi.«

Ich versuchte, die Notaufnahme auf eigenen Füßen zu betreten, ich wollte keine Umstände bereiten, doch eine Krankenschwester zwang mich auf eine Bahre. »Sie kommen als Erste dran, sie müssen doch furchtbare Schmerzen haben«, sagte sie.

»Nein, nein, ich spüre es kaum«, antwortete ich, »kein Grund zur Sorge.«

»Manchmal verstehe ich dich wirklich nicht«, sagte Epsilon.

Das Wartezimmer war zum Bersten voll, und alle starrten mich an. Inzwischen bereute ich es ein bisschen, dass ich mich nicht in der Schlange hatte vordrängeln wollen, doch dann ging die Tür erneut auf, und alle blickten stattdessen dorthin, um die Verletzungen des nächsten unglücklichen Patienten in Augenschein zu nehmen. Es war ein alter Mann, der so traurig aussah, dass Epsilons Unterlippe zu beben begann. »Womit können wir Ihnen behilflich sein?«, fragte die Sprechstundenhilfe.

»Ich muss mit'm Doktor reden«, antwortete der Mann so leise, dass sich alle im Wartezimmer vorbeugen mussten, um ihn zu verstehen. »Ich muss mit'm Doktor reden, weil's vor meinem Haus so süßlich riecht, und ich hab Angst, dass sich dort ein Drogenabhängiger rumtreibt, weil ich gehört habe, dass Drogen so süßlich riechen.«

»Aber sind Sie denn in irgendeiner Weise verletzt?«, fragte die Sprechstundenhilfe.

»Oh nein, das nich, das nich«, sagte der Mann mit zitternder Stimme, »aber ich muss mit'm Doktor reden.«

Damals verstanden die Sprechstundenhilfe und die anderen Leute im Wartezimmer nicht, warum er mit dem Doktor sprechen musste, Epsilon und ich ebenso wenig. Aber jetzt weiß ich es.

Nach der Episode mit dem Abhang musste sich Epsilon eine Zeitlang um den gesamten Haushalt kümmern, weil ich meine Hüfte vollkommen ruhig halten sollte. Epsilon kaufte ein und kochte, während das Zierkissen und ich auf dem Sofa lagen. Bald kam mir der Gedanke, dass ich mich bei ihm revanchieren müsste, also machte ich einen Fernkurs in Deutsch. Davon würden wir beide etwas haben.

»Komm mal her, Liebling«, sagte ich, als er seinen Ohrenwärmer abnahm und ihn auf die Hutablage im Flur legte. Aber er verstand wohl nicht, was ich sagte, denn er begann stattdessen sofort mit dem Staubsaugen. »Ich will mit Ihnen kein Schindluder treiben«, sagte ich leise, vom Brummen des Staubsaugers übertönt.

Es ist Abend, ich sehe die Tagesrevue und esse Gurke. Einar Lunde redet mit dem Mann vom Meteorologischen Institut, der berichtet, dass der Sturm Leif auf dem Weg zu uns ist, und er weiß auch, dass das darauffolgende Unwetter einen Frauennamen mit M haben wird. Ich wittere meine Chance, Mathea auf die Wetterkarte zu setzen. Dann hätten Hausmeister Leif und ich etwas gemeinsam, über das wir reden könnten, wenn wir einander begegnen, und wir hätten darum konkurrieren können, wessen Unwetter die meisten Meter pro Sekunde schafft.

Der Wetterbericht geht zu Ende, der Meteorologe wünscht mir einen schönen Abend, ich bedanke mich und kaue weiter an meiner Gurke, während ich über die Zahnabdrücke nachdenke. Das tue ich, weil Descartes sagte, *ich denke, also bin ich.* Doch dann verschwindet zu meinem Entsetzen ein Schneidezahn aus meinem Mund, und letzte Nacht habe ich ein Muttermal verloren, es lag auf dem Laken, als ich aufstand, es bleibt immer weniger und weniger von mir übrig. Wo soll das nur enden?

Der Zahn steckt mitten in der Gurke. Mit Blutgeschmack im Mund starre ich perplex auf das, was aussieht wie eine Waffe zum Töten von Robben. Ich ziehe den Zahn heraus und versuche, ihn dort wieder reinzustecken, wo er einmal herauswuchs, doch er will nicht länger passen, es scheint, als habe er Großstadtluft geschnuppert und könne nicht in sein Heimatdorf zurückkehren: »Hier ist es mir zu beengt.«

Von den Zähnen aus dem Frühstücksbeutel passt auch keiner. Ob mit oder ohne Wurzel, ich probiere sie alle, mit zunehmender Verzweiflung. »Das ist die Wurzel aus minus eins«, sagt Epsilon. »Dafür gibt es keine Lösung.«

Epsilon nahm seine Tasche und ging aus der Tür, ich fragte, warum, doch er wusste keine Antwort.

»Soll ich aufhören zu fragen?«, wollte ich wissen.

»Hör auf zu warten, Mathea«, antwortete er.

Ich wollte das Statistische Bundesamt anrufen: »Er ist doch weit über das Rentenalter hinaus!« Aber ich brachte es nicht über mich.

Ich stehe im Flur und lausche dem Freizeichen, das mich an einen Psalm erinnert, den wir in der Grundschule lernen mussten, als es an der Tür klingelt. Mein erster Gedanke ist, dass es Epsilon ist, aber ich weiß ja, dass er es nicht sein kann. Ich bleibe mucksmäuschenstill stehen, es klingelt noch einmal. Ich lege den Telefonhörer beiseite und beuge mich zum Spion vor. Es ist nicht Epsilon, sondern June.

»Ich weiß, dass Sie da sind«, höre ich ihn sagen.

Wie kannst du das wissen?, denke ich.

»Ich habe Ihren Augapfel im Spion gesehen«, sagt er.

»Dito«, flüstere ich.

Ich hatte mich schon oft gefragt, ob man von außen sehen

kann, dass jemand von innen durch den Spion guckt, denn ich bilde mir ein, dass meine Nachbarn meine Ankünfte und Abgänge verfolgen: »Wir müssen ein bisschen auf die Alte im zweiten achtgeben, Bruder, damit sie nicht zu lange liegt, wenn sie gestorben ist; es kann den Wert aller Wohnungen mindern, wenn sich der Geruch in den Wänden festsetzt.« Im Vorbeigehen habe ich zu erkennen versucht, ob ich auf der anderen Seite der Spione Pupillen sehen kann, aber es ist mir nicht gelungen, das mit Sicherheit festzustellen. Es an seiner eigenen Tür herauszufinden, ohne fremde Hilfe in Anspruch zu nehmen, ist ein Ding der Unmöglichkeit, ich habe es ausprobiert.

»Hatten Sie etwa vor, nicht aufzumachen?«, fragt June, als ich schließlich die Tür öffne.

»Doch«, antworte ich, »aber ich habe gerade telefoniert.«

»Na klar«, sagt er, als glaube er mir nicht. »Kann ich 'n bisschen Zucker leihen?«

Noch bevor ich antworten kann, drückt er mir eine Tasse mit dem Aufdruck »Oslo Kommune« in die Hand. Ich gehe damit in die Küche. Glücklicherweise habe ich nach dem Backen für die Nachbarschaftsinitiative Zucker, sonst hätte ich unbemerkt in den Laden laufen und welchen kaufen müssen, es wäre viel zu peinlich gewesen zu sagen, dass ich keinen Zucker habe, alle haben Zucker. Ich fülle die Tasse, und als ich aus der Küche trete, erlebe ich eine Überraschung, denn er ist ins Wohnzimmer gegangen. Dort steht also ein Mensch auf unserem Teppich. Ich weiß nicht, was ich tun oder sagen soll, entscheide mich aber nach reiflicher Überlegung, ihm mit einem »Bitte schön« die Tasse zu reichen. Er nimmt sie entgegen, ohne mich anzusehen. Ich warte darauf, dass er sich bedankt und geht, doch stattdessen fragt er, ob ich jemals Probleme mit Feuchtigkeit in den Wänden gehabt hätte.

»Wir hatten noch keine Probleme mit Feuchtigkeit«, fährt er fort, »aber man weiß nie. Was is mit'm Bad, hatten Sie da schon mal Probleme?«

Jetzt sieht er mich an, wahrscheinlich erwartet er eine Antwort.

»Es kommt vor, dass ich dusche«, sage ich. »Aber meistens mache ich mich nur mit ein paar Spritzern Wasser unter den Achselhöhlen frisch.« Das Reden fällt mir erstaunlich leicht, wahrscheinlich, weil ich mich intellektuell überlegen fühle.

Er sieht mich verständnislos an. Dann widmet er seine Aufmerksamkeit der Wohnzimmerwand. Er klopft ein bisschen mit der Hand darauf herum. Dann streicht er über die Tapete, bis er schließlich auf den Stuhl klettert, der neben dem Buffet steht. Er holt eine Rolle Abdeckband aus der Hosentasche und fängt an, die Deckenleiste abzukleben, zunächst auf einer Länge von eineinhalb Metern, dann muss er den Stuhl weiterrücken, und so fährt er ringsherum fort. Er hängt die Bilder von der Wand ab, legt sie auf den Sofatisch und nimmt den Malerpinsel zur Hand. Den Abdruck von der Gabel muss er überspachteln. Anschließend reißt er den Teppich heraus und verlegt Parkett. Epsilons Sessel und meinen Fernseher wirft er in einen Mietcontainer, der vor dem Block steht, und jedes Mal, wenn die Nachbarn ihre Chance wittern, den kaputten Bambusvorhang oder das zerschlissene Sofa zu entsorgen, fordert er sie schimpfend auf, sich einen eigenen Container zu besorgen. Bald ist hier kein Millimeter von meinem und Epsilons Leben mehr vorhanden, nur noch June und seine Sachen und sein Geruch und seine Freunde, denen er erzählt, wie schlimm es hier ausgesehen hätte, und seine Mutter, die ihm um siebzehn Uhr vorgekochtes Essen bringt, werktags und am Wochenende, und die Wäsche erledigt sie auch, sobald die Waschküche frei ist.

Er bleibt stehen und misst das Wohnzimmer aus. »Wenn man die Wände zwischen den Wohnungen entfernt, hat man die fetteste Kingsize-Wohnung in ganz Hagerud«, sagt er und wiehert.

Ich wiehere leise zurück, um keine Peinlichkeit aufkommen zu lassen. Wenn man so alt ist wie ich, sollte man eigentlich wissen, dass man nicht aus Höflichkeit Idioten anwiehert, aber ich weiß es nicht besser, nur einen Steinwurf von hundert entfernt und nichts gelernt. Das reimt sich.

June dreht sich um und verschwindet durch die Tür, ohne sich zu verabschieden oder zu bedanken, den Kopf voller Wohnideen.

Ich starre lange den Fernseher an, ohne etwas zu sehen, ich denke nur an seine Hand auf der Tapete und seine Füße auf dem Teppich und wieher, wieher, doch dann beginnt die Tagesrevue, und vielleicht kann mir Einar Lunde ein paar tröstliche Worte sagen. Es ist schön zu wissen, dass alles noch viel schlimmer sein könnte, ich hätte von einer Bombe in die Luft gesprengt worden sein können, doch stattdessen bin ich nur alt und inkontinent und Letzteres nur beim Lachen, von dem ich gar nicht mehr weiß, wie es geht. Doch anstelle von Einar Lunde spricht heute Jon Gelius die Nachrichten. Es ist eine Enttäuschung. Ich dachte, er wäre längst gefeuert. Trotzdem hoffe ich auf eine Aufmunterung, doch stattdessen berichtet er vom ersten warmen Tag in China. Sie zeigen Bilder von einem Strand mit hunderttausend Chinesen, der so voll ist, dass immer nur eine Hälfte von ihnen liegen kann. Offenbar soll das im doppelten Sinne eine sonnige Geschichte sein, denn Jon Gelius strahlt mit den Augen. Mich überkommt hingegen das Gefühl, dass niemand von uns im großen Zusammenhang von Bedeutung ist, ich könnte ein Chinese am Strand sein, und eigentlich sind wir doch alle Chinesen, oder waren es Sozialdemokraten? Irgendwo meine ich gelesen zu haben, dass momentan mehr Menschen auf der Erde leben, als jemals gestorben sind, und ich frage mich, wann es mehr Verstorbene als Lebende geben wird, ich fände es fein, das Zünglein an der Waage zu sein. Es wäre schön, einen Unterschied zu machen. Dem Stand der Dinge nach zu urteilen ist es außergewöhnlicher, tot zu sein als lebendig, und ich hatte schon immer den Verdacht, dass man vielen Menschen nach ihrem Tod mehr Aufmerksamkeit widmet als vorher. Was mich betrifft, wird es wahrscheinlich keine Rolle spielen.

Ich erinnere mich daran, wie Epsilon seine volle Aufmerksamkeit einer Frau in glänzendem Turnanzug widmete, die an einem langen Seil von der Decke baumelte. Ich begreife nicht, wie er es geschafft hatte, mich in den Zirkus zu kriegen. Ich muss betrunken gewesen sein. Die Dame kletterte ein bisschen und drehte sich mit dem Seil nach oben und unten. Verglichen mit dem, was ich an der Turnstange zustande brachte, war das keine große Leistung. Da Epsilons Ohr sich mir entgegenstreckte, konnte er problemlos alles hören, was ich sagte.

»Riechst du diesen Gestank auch?«, flüsterte ich.

»Das sind die Tiere«, flüsterte Epsilon zurück.

Aber ich sah die Dame im Turnanzug an und dachte mir meinen Teil. Sie turnte weiter, und ich war mir sicher, dass das Höchstmaß an Langeweile längst erreicht sein müsste. Aber es wurde schlimmer. Am Ende drehte sie sich etwas schneller dem Boden entgegen. Aus Höflichkeit hielt ich den Atem an.

Dieser Tag will einfach nicht besser werden. Es war ein miserabler Tag, Mathea, du kannst froh sein, dass dir nicht mehr viele bleiben, sage ich mir, *gönnet mir die ewige Ruh, denkt nur, was ich gelitten hab, eh ich schloss die Augen zu,* aber jetzt erinnere ich mich plötzlich daran, dass ich ein Freizeichen hatte, und warum muss ich bloß von Natur aus so optimistisch sein, warum kann ich mich nicht einfach hinlegen und sterben.

Die Wahrscheinlichkeit, dass du zweimal hintereinander am selben Ort vom Blitz getroffen wirst, muss kleiner sein als ε, weil ε eine mikroskopisch kleine Menge ist«, war das Erste, was Epsilon zu mir sagte. »Das ist einfach unglaublich.« Dabei wusste er nicht einmal, wie unglaublich das Ganze tatsächlich war, denn ich bin noch nie von irgendetwas getroffen worden, beim Flaschendrehen zeigte die Flasche nie auf mich, wenn die Kinder aus der Nachbarschaft Verstecken spielten, wurde ich nie gefunden, und an Heiligabend hatte ich nie die Mandel in meiner Reisgrütze, und das damit einhergehende Geschenk blieb mir verwehrt. Die Mandel landete abwechselnd bei meiner Mutter und meinem Vater, es war beinahe verdächtig.

Es war ein wolkenloser Tag, ich stand allein in einer Ecke des Schulhofs und versuchte so auszusehen, als wäre ich mit dem Zählen der Steine beschäftigt, die dort lagen. Es ist ein Selbstbetrug zu glauben, dass man nicht einsam sein kann, nur weil man beschäftigt ist, aber das Wichtigste ist, dass niemand anders glaubt, man wäre einsam. Als ich so dastand, zogen Wolken heran, der Himmel öffnete seine Schleusen, und dann fuhr der Blitz herab und traf mich zweimal hintereinander mitten auf die Stirn. Ich fiel um, und alles wurde dunkel und rückte in weite Ferne, ich konnte die Sirenen des Krankenwagens hören, und ich wusste, dass er mich holen würde. »Während du wartest«, sagte ein Mensch ohne Gesicht zu mir, »möchte ich, dass du ein Diagramm über dein Leben zeichnest, hier hast du einen roten Filzstift.« Ich nahm den Stift und malte einen Strich von einem Ohr zum anderen, quer über das Gesicht, und dann zeigte ich auf die Nasenspitze und sagte: »Hier befinde ich mich gerade.« Dann gellten Schreie in meinen Ohren, und ich öffnete die Augen und sah, dass sich die gesamte Schule um mich herum versammelt hatte, es roch versengt, und der Rektor war da: »Ich glaube, ihre Nase ist verletzt, sie zeigt auf ihre Nase«, sagte er. Zwei Männer in weißen Kitteln kamen ins Bild, hoben mich auf eine Bahre und trugen mich vorsichtig zum Krankenwagen, als sei ich jemand, den sie sehr mochten. Dann fuhren wir davon, während die Sirenen heulten, und selbst die Schicksalssymphonie hätte in meinen Ohren nicht schöner geklungen.

Im Krankenhaus waren alle aufmerksam und freundlich zu mir, die Krankenschwestern sahen mich mitleidig an und sagten, dass es sicher nicht allzu lange dauern würde, bis meine Augenbrauen wieder nachwuchsen. Auch die anderen Patienten waren nett, fast hätte man meinen können, die Leute hätten Respekt vor jemandem, der vom Blitz getroffen wird, als wären wir Gottes Auserwählte oder dergleichen. Beinahe wie Moses. »Du hast großes Glück gehabt«, sagte der Arzt, und ich fühlte mich glücklich, ich weinte nur einmal, als ich mich selbst im Spiegel sah, und da musste ich auch schon wieder nach Hause.

Während des gesamten Krankenhausaufenthalts hatte ich

geübt, was ich zu den anderen Schülern sagen würde, wenn sie sich bei meiner Rückkehr um mich scharten. »Ich habe noch nie etwas so Schmerzhaftes erlebt«, würde ich sagen. »Die Ärzte sagen, es ist ein Wunder, dass ich mit dem Leben davonkam.« Alle würden entsetzt aufschreien und dem Herrn danken, dass ich lebte. Ich übte vor dem Spiegel, die abgesengten Augenbrauen auf natürliche Weise mit den Händen zu verbergen, entweder, indem ich sie mit beiden Zeigefingern bedeckte, wie eine Art Gebärdenzeichen, ich vermutete, dass es das Zeichen für Stier war; oder indem ich so tat, als würde ich mich vor der Sonne schützen. »Mittlerweile bin ich so beliebt, dass es beinahe anstrengend ist«, würde ich meinen Eltern erzählen, die ungemein stolz auf mich wären.

Doch als ich zum ersten Mal wieder in die Schule ging, war das gute Moses-Gefühl verschwunden, alle sprachen nur noch darüber, dass der Kronprinz aus London zurück war. In der ersten Stunde vergaß der Lehrer wie immer, meinen Namen aufzurufen, doch statt innerlich vor mir herzusagen »Mathea – ja«, wie ich es sonst tat, reckte ich die Hand in die Luft. »Entschuldigung, Herr Lehrer«, sagte ich, »aber ich bin wieder da.« Anscheinend hatte mir der Blitz eine positiv aufgeladene Dosis Selbstbewusstsein verpasst.

Der Lehrer hob seinen Blick von der Anwesenheitsliste, die vor ihm auf dem Pult lag, die anderen Schüler drehten sich um und starrten mich an, die ich in der hintersten Reihe saß, und ich legte meine Hände über die abgesengten Augenbrauen und tat so, als müsse ich mich vor der ganzen Aufmerksamkeit schützen. Der Lehrer musste lange überlegen, aber plötzlich erinnerte er sich an mich und sagte: »Oh, wir dachten …« Dann sagte er nichts mehr, alle drehten sich erneut zur Tafel, und in den Pausen stand ich wieder alleine und zählte Steine.

Als ich bis einhundertsiebenundsiebzig gekommen war, sah ich zwei abstehende Ohren vom anderen Ende des Schulhofs her auf mich zukommen, es war der Junge, den sie Wanderpokal nannten. Er ging in meine Parallelklasse, und ich wusste, dass er mich anpeilte, denn ich stand immer allein in einem Umkreis von zwanzig Metern, manchmal auch mehr. Der schmächtige Junge kam mit entschlossenen Schritten auf mich zu, als hätte er Angst davor, es sich anders zu überlegen, wenn er zögerte. Ich wurde nervös, zählte in rasendem Tempo Steine und versuchte, überrascht auszusehen, als er neben mir stand und sich räusperte, als wolle er eine Rede halten. »Die Wahrscheinlichkeit, dass du zweimal hintereinander am selben Ort vom Blitz getroffen wirst, muss kleiner sein als ε, weil ε eine mikroskopisch kleine Menge ist«, sagte er mit ernstem Gesichtsausdruck.

Ich wusste nicht, was ich antworten sollte, also sagte ich erst einmal nichts, doch dann fielen mir die Augenbrauen wieder ein, und ich beeilte mich, das Gebärdenzeichen für Stier zu machen. Dann muhte ich, damit es natürlicher wirkte.

Seine Augen waren unschuldsvoll, und ich wusste, dass er auf keinen Fall zu denjenigen gehörte, die Weberknechten die Beine ausrissen oder Regenwürmer zerteilten, nur um zu sehen, ob auch wirklich zwei neue daraus wurden.

»Ich habe die ganze Zeit daran gedacht, wie es dir wohl ergangen ist, und bin schwer erleichtert, dich wieder auf den Beinen zu sehen«, sagte er. »Und weißt du was, ich finde, es steht dir, keine Augenbrauen zu haben, irgendwie wirkt dein Gesicht dadurch so offen.«

Erst war ich verlegen, doch dann begriff ich, dass mich zum ersten Mal jemand angelogen hatte, damit es mir besser ging. »Danke«, sagte ich und ließ meine Hände sinken. »Ich finde auch, dass dir die abstehenden Ohren stehen.«

»Ja, sie sind nicht übel, nur schade, dass sie so schnell kalt werden.«

»Ja, das ist schade.«

»Jedenfalls …«, fuhr er fort, »wenn du nichts dagegen hast und es nicht zu traumatisch für dich ist, würde ich gern mehr darüber erfahren, wie es war, vom Blitz getroffen zu werden. Ich kann dir einige meiner Wahrscheinlichkeitsrechnungen zu diesem Thema zeigen, denn es ist wirklich unglaublich.«

»Gern.« Ich lächelte.

Da lächelte er auch, ehe er sich zum Gehen wandte. Er machte zwei Schritte, dann zögerte er kurz und sah mich an. »Weißt du, Mathea, wenn du alle großen und kleinen berücksichtigst, gibt es hier dreihundertfünfundvierzig Steine. Ich habe sie gestern gezählt.«

Kaum dass wir mit der Schule fertig waren, bekam Epsilon eine Arbeit, und wir heirateten, und dann gab es nur noch Epsilon und mich.

Eureka«, sage ich, als ich in der Zeitung von der Kofrontationstherapie lese, offenbar ist es genau das, was ich brauche. Anne Norunn (37) fürchtet nichts mehr als Bakterien und hat Todesangst, wenn ihr Mann Kent, der jünger ist als sie (35), niest. Anne Norunn gibt ein Vermögen für Seife und Waschmittel aus und erwägt die Scheidung von Kent, der eine wandelnde Bombe aus Schmutz und Widerwärtigkeit ist; lieber hätte sie einen Luftreiniger. »Sie brauchen eine Konfrontationstherapie«, sagt der Psychologe. »Sie müssen sich schrittweise mehr und mehr mit den Bakterien konfrontieren, und am Ende werden Sie auch Kent wieder anfassen können.«

»Ich glaube nicht, dass das möglich ist«, sagt Anne Norunn.

»Doch, ist es«, sagt der Psychologe.

Ich muss mich schrittweise mehr und mehr mit dem Tod konfrontieren, allerdings ohne zu weit zu gehen. Mir ist sehr wohl bewusst, dass es ein feiner Balanceakt ist, aber am Ende möchte ich damit leben können, sterben zu müssen. Ich stelle mir vor, dass dies auf zweierlei Weise geschehen kann, und schreibe eine Liste.

1. Ich kann Friedhöfe besuchen, auf Beerdigungen gehen, meine eigene Beerdigung planen.

Als ich Epsilon erzählte, welches Lied ich mir zu meiner Beerdigung wünschte, schmunzelte ich, denn ich würde ja nicht sterben. Ich hörte auf zu schmunzeln, als er einen Bleistift hervorholte und es in seinem Notizbuch vermerkte.

Es muss scheußlich sein, seine eigene Beerdigung zu planen. Vielleicht ist es leichter, wenn ich die eines anderen plane.

2. Ich kann damit anfangen, gefährlich zu leben. Ich kann über die Straße gehen, ohne vorher nach links und nach rechts und dann wieder nach links zu sehen.

Die letzte Möglichkeit, die mir einfällt, ist zu »vergessen«, die Kochplatte auszustellen, und ich beschließe, damit den Anfang zu machen. In den Nachrichten wird oft von Häusern und Wohnungen berichtet, die bis auf die Grundmauern abbrennen, und meistens stecken irgendwelche Alten dahinter, die vergessen, den Herd auszustellen, aber jetzt fällt mir plötzlich auf, dass sie es möglicherweise auch schlicht und einfach »vergessen«.

Ich drehe die Herdplatte auf die höchste Stufe, setze mich auf den Küchenstuhl und warte. Ich warte lange, aber meine Angst vorm Sterben wird davon nicht weniger, mir wird lediglich heiß. Die ganze Wohnung ist warm und stickig, und ich bin den grünen Teppich und die braune Tapete leid, ich will raus, ich will leben, ich will zum Friseur, aber ich kann nicht zum Friseur gehen, ich war vor der Hochzeit dort, und jedes Mal, wenn die Friseuse mit dem Kamm durch meine Haare fuhr und an meinen Ohren hängen blieb, zuckte ich zusammen und dachte »Nie wieder«, aber ich muss raus, raus, raus, und ich stehe auf und renne aus der Wohnungstür, ohne vorher durch den Spion zu sehen, ich pfeife auf den Spion und laufe weiter in Hausschuhen die Treppe hinunter, ich werfe mich gegen die schwere Eingangstür und überquere den Fußweg und gehe zur Grünfläche, wo ich mich hinlege.

Ich gehe wieder hinein.

Im Hausflur ist niemand. Der Zettel über die Nachbarschaftsinitiative ist nicht entfernt worden, und der Zettel über das gemütliche Beisammensein im Seniorenzentrum hängt immer noch da. Mir wird erneut übel. Es sind auch neue Zettel hinzugekommen. »Bodil entlaufen!« steht auf einem von ihnen. Bodil ist ein Meerschweinchen, die Suchmeldung zeigt auch ein Foto von ihr aus glücklicheren Tagen. Allem Anschein nach zieht das Schwarze Brett also die Aufmerksamkeit meiner Nachbarn auf sich, vielleicht sollte ich eine Suchmeldung mit einem Foto von mir aufhängen: »Hat jemand diese alte Dame gesehen? Belohnung! Bitte kontaktieren Sie Mathea Martinsen.« Erst denke ich das nur, um einen Scherz mit mir selbst zu treiben, bis mir auffällt, dass ich es durchaus ernsthaft in Betracht ziehen könnte. Also tue ich es. Doch dann sehe ich erneut das Foto von Bodil, und im direkten Vergleich mit ihr habe ich keine Chance. Neben ihren verschmitzten Murmelaugen würde mich niemand bemerken.

Ich will gerade gehen, als ich ganz oben einen schwarzen Zettel mit goldenen Buchstaben entdecke. »Warnung an die Nachbarn« steht dort. June feiert seinen Geburtstag. »Ich gebe eine Party!«, warnt er.

Es wird Samstag, und ich bin immer noch schlecht gelaunt, weil June Besuch bekommt. Epsilon und ich hatten einmal

Besuch, ein Cousin von uns, von dessen Existenz wir beide nichts geahnt hatten, aber eines Tages rief er an und fragte, ob er nicht vorbeischauen dürfe. »Natürlich«, sagte Epsilon. »Wir können es kaum erwarten.«

Wir putzten die Wohnung von oben bis unten, ich backte Baisers und Brötchen, und am Ende schnitt ich mir selbst die Haare. Ich klebte mir dafür Klebeband quer über den Pony und an den Seiten schräg nach unten und schnitt dann an der Klebebandkante entlang.

»Es ist fast zu exakt geworden«, sagte Epsilon.

»Es kann nie exakt genug sein«, erwiderte ich.

Wir fürchteten, wir könnten nichts mit dem Cousin zu reden haben, und wir saßen einen halben Tag auf dem Sofa und warteten und suchten nach Gesprächsthemen. Ich traute mich nicht, auf die Toilette zu gehen, falls er dann plötzlich einträfe, es würde einen merkwürdigen Eindruck machen, dort zu sitzen, wenn Gäste kamen.

»Am besten, wir öffnen die Tür gemeinsam«, sagte Epsilon, »dann sehen wir, auf wen von uns beiden er wiedererkennend reagiert.«

»Falls er uns beide erkennt, können wir jedenfalls froh sein, dass es mit dem Kinderkriegen nicht geklappt hat.«

Epsilon wurde still und verzog das Gesicht. »Hätten wir einen Sohn bekommen, hätte ich ihn Axel genannt.«

»Wie in Akzeleration«, sagte ich. »Dann hätte es uns auch nicht gestört, wenn er ein bisschen kleiner geraten wäre.«

Wir sprangen auf, als es an der Tür klingelte, doch in diesem Moment konnte ich nicht länger einhalten. »Ich muss sofort aufs Klo.«

»*Genau* jetzt?«, fragte Epsilon. »Wie groß ist die Wahrscheinlichkeit dafür?«

Im Badezimmer trug ich das Parfüm auf, das Epsilon mir zum Geburtstag geschenkt hatte. Ich hatte es noch nie benutzt, denn ich hatte Angst, es könnte Aufmerksamkeit erregen, wenn eine unsichtbare Frau so stark roch, doch jetzt nahm ich die Gelegenheit wahr und besprühte die Pulspunkte des Körpers, wie ich es in einer Zeitschrift gelesen hatte – die Kniekehlen, die Leisten, die Handgelenke, den Hals und die Stelle hinter den Ohren. Dann ging ich hinaus und setzte mich gemeinsam mit Epsilon und dem Besuch aufs Sofa.

»Hast du Parfüm genommen?« Epsilon hustete.

Ich war peinlich berührt und sagte so überrascht, wie ich konnte: »Nein, du?«

Wir fanden nicht heraus, wessen Cousin er war, aber nachdem wir eine Woche gewartet hatten, um nicht allzu verzweifelt zu erscheinen, riefen wir ihn an, um zu hören, ob er uns wieder besuchen wolle. Das wollte er nicht.

»Hat er einen Grund genannt?«, fragte ich Epsilon.

»Nein, aber es hat sicher nichts mit uns zu tun.«

Aus dem Küchenfenster sehe ich, wie aufgetakelte Menschen mit Tüten den Wohnblock betreten, und June hat die wilde Musik voll aufgedreht: *Doch wenn der Wahnsinn uns regiert und die da oben voll abheben, müssen wir zusammenstehen, es wird schon gehen, aaaahaaa, das Leben leben, aaaahaaa, das Leben leben.*

Ich habe mir so manches erspart: nicht mit Rauchen und Trinken zu beginnen, keinem Gruppenzwang ausgesetzt zu sein und keine schlechten Freunde gehabt zu haben«, sagt das bleiche Mädchen im Fernsehen. Natascha war fast ihr ganzes Leben von einem verrückten Mann in einem kleinen, unterirdischen Raum gefangen gehalten worden. Und mir wird bewusst, dass auch ich zur Alkoholikerin hätte werden können. Ganz sicher wäre ich es geworden, wenn ich häufiger draußen gewesen wäre. Von all den schlechten Freunden, die ich gehabt hätte, gar nicht erst zu sprechen.

Es war bedauerlich, dass die Hausfrauentreffen im Block immer dienstags stattfanden, weil das der einzige Tag in der Woche war, an dem ich schlechte Laune hatte. Ich weiß auch nicht, warum, aber Epsilon zufolge ist Dienstag der Tag des Kriegsgottes Tyr, und ich bin wahrscheinlich Pazifist, vielleicht hatte es etwas damit zu tun.

Wenn ich nach Hause kam, setzte ich mich an den Küchentisch und schrieb an Epsilon. Ich achtete stets darauf, dass die Briefe gut endeten, mit einem Reim. Wenn ich festhing, ging ich schnell hin und her, bis mir eine Lösung einfiel, es war anstrengend, aber nachher fühlte ich mich immer besser.

Manchmal schrieb ich auch über die Freundin, die ich als Kind hatte, aber nicht sehr oft, denn es ist schwer, ständig neue Reime auf »sie beerdigte mich unter Ameisenhaufen« zu bilden.

»Mathea kann heute nicht zum Spielen rauskommen«, sagte ich.

»Warum nicht?«, fragte sie.

»Mathea ist nicht da.«

»Du stehst doch direkt vor mir.«

»Hä? Wo?«, fragte ich und sah mich um.

»Versuch ja nicht, lustig zu sein«, sagte sie und lachte.

Sie war zwei Jahre älter als ich, sie wollte immer der Pfarrer sein, und ich war die Leiche. Hin und wieder war auch ein Trauerzug dabei, den allerdings nur sie sehen konnte, vielleicht sorgten ihre flaschenbodendicken Brillengläser dafür, dass sie besser sah, als alle ahnten. Zuerst wurde ich mit Spucke gesalbt, dann musste ich mich unter die Nordseite des Baumes legen. Wenn ich protestierte, machte ich alles nur noch schlimmer, und einmal, als ich versuchte abzuhauen, fing sie mich ein und entschied dann, dass die Beerdigung durch eine Feuerbestattung ersetzt werde.

»Die drehen völlig durch, wenn wir sie von der Südseite zur Nordseite umsiedeln«, sagte sie und schüttete die erste Schaufel mit Ameisen über mich. »Merkst du es?«

»Ja«, antwortete ich, machte den Tieren aber keinen Vorwurf deswegen. Ich kniff den Mund und die Augen zu und konzentrierte mich darauf, mir die Luft einzuteilen, ich hörte nur die Ameisen, die untröstlich waren und schrien, und versuchte, mir etwas Schönes einfallen zu lassen, das ich ihnen erzählen konnte.

Als es zum ersten Mal geschah, berichtete ich es meinem Vater. Er erwiderte, dass die Ameisentherapie gut gegen rheumatische Beschwerden sei, er hatte von einem Mann gehört, der sein Rücken- und Hüftleiden losgeworden war, nachdem er mehrere Stunden lang in einem Ameisenhaufen gesessen hatte.

Meine geschriebenen Werke steckte ich in Umschläge, die ich in Epsilons Tasche legte, damit er sie lesen konnte, wenn er am nächsten Tag auf der Arbeit sein Pausenbrot aß. Wir sprachen nie darüber, es reichte mir, die Gewissheit in seinen Augen zu sehen. Und die Bewunderung, wenn ich mich wieder einmal selbst bei den Endreimen übertroffen hatte.

Hin und wieder schrieb ich auch an Fremde, unglückliche Auserwählte aus dem Telefonbuch. Ich schnitt aus Zeitschriften und Zeitungen Fotos von Lebensmitteln aus und klebte sie auf ein Blatt: »Nur fünf Kronen für eine Packung Datteln«, schrieb ich. »Kommen Sie zum Supermarkt in Haugerud.« Der Gedanke an ihre Gesichter, wenn sie zum Zahlen an die Kasse kamen, hat mich schon oft vor Depressionen bewahrt.

Als Junes Mutter begann, zu den Kaffeekränzchen der Hausfrauen zu gehen, hörte ich damit auf, und jetzt bin ich froh, dass ich rechtzeitig entkommen war, ohne dem schlechten Einfluss zu erliegen.

Die Polizeibeamtin, die mit Natascha sprach, nachdem sie nach acht Jahren Gefangenschaft aus Herrn Priklopils Keller geflohen war, sagte, sie sei verblüfft gewesen über »ihre Intelligenz, ihr Vokabular«. Beim Gedanken daran überkommt mich ein Schauer, ebenso wenn Natascha von ihrer Flucht erzählte, wie sie mehrere hundert Meter durch Gärten und Straßen rannte. Sie sprang über Zäune und rief verzweifelt den Passanten zu, sie sollten die Polizei rufen. Doch die ignorierten sie nur.

Erst als ich auf die Idee kam, es aufzuschreiben, konnte ich Epsilon sagen, was ich für ihn empfand. Es war der erste Winter nach dem Blitzschlag, wir waren die ganze Zeit zusammen, aber immer, wenn ich den Mund öffnete, um loszuwerden, was ich auf dem Herzen hatte, verspürte ich einen starken Drang, meine Zunge an kaltes Metall zu legen und sie an beiden Seiten zu befestigen, sodass ich meinen Mund die meiste Zeit lieber geschlossen hielt.

Eines Tages fragte Epsilon, ob er mich mitnehmen könne.

»Wohin fährst du?«, fragte ich.

»Wohin willst du?«, fragte er.

»Das ist für mich einerlei.« Ich stieg auf und schlang meine Arme von hinten um ihn, seine Mütze roch nach feuchter Wolle. Da kam ein Mädchen aus seiner Klasse, das auch mitfahren wollte. Epsilon und ich sahen sie verwundert an. »Ich glaube nicht, dass noch Platz ist«, sagte ich, aber sie hatte sich bereits hingesetzt.

Wir sausten abwärts, der Schnee wirbelte mir in die Augen, also schloss ich sie und legte mein Gesicht an Epsilons Jacke. Als ich wieder nach vorn sah, befanden wir uns auf einem zugefrorenen See. Ich fragte, wo seine Freundin sei, sie saß nicht mehr hinter mir auf dem Schlitten. Wir sahen den Abhang hinauf, aber dort war sie auch nicht. »Vielleicht ist das ein Zeichen«, sagte ich.

Epsilon fasste mich an den Händen und half mir auf, und so standen wir da, die nassen Handschuhe ineinander verschränkt. Ich wollte ihm sagen, wie sehr ich ihn mochte, und erzählte stattdessen, dass letztes Jahr sieben Menschen von Haien getötet worden waren und vierzehn von Toastern. Epsilon betrachtete mich mit einem merkwürdigen Gesichtsausdruck, und ich wäre am liebsten im Erdboden versunken. »Ich muss einfach nur …«, sagte ich, ohne zu wissen, was ich musste. Aber ich begriff, was Epsilon dachte, denn er drehte sich schnell um. Ich errötete und hörte seine knirschenden Schritte auf dem Eis.

»Ich mache so lange einen Schneeball«, sagte er laut, als hätte er Angst, dass ich ihn der Spionage verdächtigte.

Ich dachte, dass ich mich nun wohl kaum noch mehr blamieren konnte, und begann meine Schuhe auszuziehen. Nach einiger Mühe war ich fertig. »Komm und guck«, sagte ich, meine Zunge gehorchte mir gerade so. Doch Epsilon rührte sich nicht vom Fleck, und ich musste noch einmal rufen, bevor er unsicher angestapft kam, den Blick zum Himmel gerichtet. »Sieh nach unten«, sagte ich. Ich war gespannt, als er seinen Blick senkte und auf meinen Schal sah, der im Schnee ein Herz bildete. In dem Herz lagen meine nassen Handschuhe und Socken und formten die Buchstaben »NIE«. Jetzt oder nie, dachte ich, obwohl es nicht das war, was ich hatte sagen wollen. »Dein Name ist länger, als man glaubt«, sagte ich und fror an den Zehen.

Ich muss in den Laden und Zucker kaufen, für den Fall, dass June sich mehr »leihen« will. Und ich würde lügen, wenn ich behauptete, dass ich nicht darauf hoffte, unterwegs dem Mann ohne Uhr zu begegnen. Bevor ich gehe, lege ich etwas Parfüm auf, diesmal begnüge ich mich mit einem Spritzer in der Gegend um die Kniekehlen und einigen Tropfen hinter den Ohren. Und dann sprühe ich kurz in die Luft und gehe einmal durch die Wolke.

Im Waldstück taucht er wie auf Bestellung auf, und ich weiß, dies ist die Gelegenheit, auf die ich gewartet habe. Nachdem June mich besucht hat, bin ich mit dem nötigen Selbstvertrauen gewappnet. Denn der Mann am Wegrand ist offenbar auch nicht der Hellste, sodass ich es wagen kann, mit ihm zu reden. Ich muss mir nur etwas Gutes einfallen lassen. Schnell.

»Hallo«, sage ich. Es ist, als hörte ich mich selbst von außen, meine Stimme klingt so hell und anders.

Er verzieht keine Miene.

»Sie hier?«, frage ich.

Er antwortet nichts.

»Ja, ist ja auch schön hier«, sage ich.

»Ja«, murmelt er.

Dann sagt er nichts mehr, und ich spüre Panik in mir aufkommen, er scheint nicht zu den Menschen zu gehören, die einen kleinen Schwatz zu schätzen wissen. Ich habe Angst, dass er wieder verschwindet, wenn ich nicht bald etwas Interessantes sage.

»Wie heißen Sie?«, frage ich und kann es kaum fassen, dass ich es wage.

Mit ernster Miene murmelt er etwas, das sich wie »KGB« anhört, und ich schrecke zusammen, denn falls das stimmt, ist auf jeden Fall Misstrauen geboten. Doch als ich erneut frage, höre ich, dass er »Åge B.« seufzt, und ich würde wohl auch seufzen, wenn ich mit einem solchen Namen gestraft wäre. Ich traue mich nicht zu fragen, wofür das B. steht, falls es etwas Peinliches ist, also nicke ich stattdessen anerkennend.

»Ein schöner Männername«, sage ich.

Ich bin enttäuscht, dass er mich nicht fragt, wie ich heiße oder was meine Lieblingsfarbe ist oder welche Kassette ich auf eine einsame Insel mitnehmen würde, wenn ich die Wahl hätte. Es ist so schön zu reden, ich möchte mit Åge B. über alles reden, worüber ich mit Epsilon redete. Wenn Epsilon von der Arbeit nach Hause kam, fragte ich ihn, wie sein Tag gewesen sei und was er gemacht habe, und Epsilon antwortete, dass der Tag gut gewesen sei und er nichts Besonderes gemacht habe. Ich bedankte mich dafür, einen Einblick in seine Welt erhalten zu haben. Dann fragte er nach meinem Tag, und ich erzählte drauflos, von dem, was ich für eine Babyschlange gehalten hatte, die sich auf unserem Badezimmerfußboden häutete, und das sich am Ende als Wollmaus entpuppte. »Hast du denn nie das Bedürfnis, mit jemand anders als mir zu sprechen?«, konnte Epsilon mitunter fragen. »Aber das habe ich doch schon getan«, sagte ich. »Kannst du dich nicht erinnern, wie ich mal mit dir zusammen auf der Weihnachtsfeier war?«

»Na denn«, sagt Åge B.

»Na denn«, sage ich und mache mich schnell aus dem Staub, um ihm zuvorzukommen.

Ich gehe in Richtung Kirche hinab und fühle mich dick. Besonders an den Oberschenkeln. Ich habe gehört, dass das eine normale Reaktion ist, wenn man vom anderen Geschlecht abgewiesen wird.

Einmal war ich richtig dick, das war nach Steins Tod. Ich hatte meine Spaziergänge zum Lutvann eingestellt, nicht aber das Baiserbacken, ich backte sogar umso mehr, und zuerst dachte ich, mein Kleid würde deshalb immer enger werden. »Findest du nicht, dass ich ein bisschen rundlich geworden bin?«, fragte ich Epsilon. Doch er wollte mich nicht verletzen und antwortete, ich käme ihm ganz im Gegenteil eher spitz vor.

Ich backte weiter und dachte an Stein. Mit der Zeit fiel es mir immer schwerer, morgens in die Strumpfhose zu kommen, und an den Handgelenken hatte ich Druckstellen von den Ärmeln meines Kleides.

»Ich hatte schon ein Weilchen keinen Besuch mehr von Tante Rot«, sagte ich zu Epsilon, ich konnte einfach nicht mehr abwarten. »Sie hätte schon mindestens dreimal da sein sollen.« Ich sagte immer »Tante Rot«, um Epsilon die Scham zu ersparen, und jetzt nahm er meine Hände in seine.

»Aber bedeutet das …?«, fragte er.

»Ich glaube, das bedeutet mehr, als wir ahnen«, antwortete ich. Ich schaute Epsilon an und dachte mir, so sieht Glück aus. Seine Tränen steckten mich direkt an.

Epsilon begleitete mich zum Kauf eines neuen Kleides. Nachdem ich das alte in der Umkleidekabine ausgezogen hatte, gelang es mir nicht, wieder hineinzukommen, und so musste ich in dem neuen Kleid nach Hause gehen. Ich hatte etwas gesucht, in das ich hineinwachsen konnte, und das neue Kleid war so geräumig, dass ich es über meinem Mantel trug.

»Ist das denn wirklich notwendig?«, fragte Epsilon.

»Nein«, sagte ich, »aber es kann nicht schaden.«

Obwohl ich direkt neben ihm ging, sah er in alle anderen Richtungen, als ob es ihm Mühe bereitete, mich zu erkennen. Das lag sicher daran, dass das weiße Kleid denselben Farbton hatte wie der Schnee am Wegrand. Ich bat ihn, den Schal herunterzunehmen, den er sich über die Nase gezogen hatte, um sein Gesicht zu verbergen: »Die Leute könnten denken, du wärst Schnüffler.«

Zum ersten Mal fragte Epsilon nicht, ob ich zur Weihnachtsfeier mitkommen wolle. Er legte die Einladung einfach auf die Kommode und betrachtete es als gegeben, dass er immer überall allein hingehen musste. Also sagte ich, dass ich mitkommen wolle. Wenn mich jemand etwas fragte, zu was auch immer, musste ich lediglich meinen Bauch streicheln. Das wäre Antwort genug. Und ganz gleich, wie schlimm das Erlebnis werden würde, so musste ich es nicht allein erleben. Ich war zwei in einem. Epsilon nannte mich mutig, und ich entwickelte Flausen im Kopf und strickte ein langes rotes Band, das ich mir mit einer großen Schleife um meinen Leib im weißen Kleid band.

Mein Mut wurde sogleich gedämpft, als wir in der Kantine des Statistischen Zentralbüros ankamen und ich begriff, dass ich nicht neben Epsilon sitzen würde. »Frau Martinsen«, las ich auf dem Platzkärtchen, das am anderen Ende des Hufeisens stand. Epsilon war bereits auf dem Weg zu seinem Platz, noch bevor ich sagen konnte, dass ich es mir anders überlegt hätte, dass dies eine schlechte Idee sei. Ängstlich richtete ich meine Schleife und setzte mich. Der Stuhl rechts von mir war leer. Links neben mir saß »Herr Dahl«. Zum Glück war er betrunken. Allerdings lallte er so stark, dass ich nicht verstand, was er erzählte. Dabei sagte er nur ein Wort, wieder und wieder. Ich versuchte es zu erraten: »Eskimo?« Dahl schüttelte den Kopf und wiederholte das Wort, während er sich bemühte, nicht vom Stuhl zu kippen. »Dschingis Khan?«, fragte ich. Dabei blickte ich immer wieder lange zu Epsilon hinüber, ich wünschte, er würde sehen, wie gesellig seine Frau war. So nahm das Essen seinen Lauf. Aber dann, nach drei Gängen: »Geronimo?«, fragte ich. »Geronimo«, sagte Dahl. Wir waren beide erleichtert, doch keiner von uns hatte etwas hinzuzufügen, und während des Desserts saßen wir nur schweigend da und nickten vor uns hin.

Ich konnte sehen, dass Epsilon aufgekratzt war, seine Tischdame musste eine ausgelassene Person sein. Dann lachte sie über etwas, was er sagte, und als sie kurz darauf den Tisch verließ und zur Toilette ging, tat ich es ihr gleich. Ich wollte ihr erzählen, dass Epsilon nicht witzig war, obwohl ich genau wusste, dass ich mich das nicht trauen würde. Aber ich konnte wenigstens dafür sorgen, dass sie meinen Bauch sah. Ich stand da, die Hände unter dem Wasserhahn, als würde ich sie waschen, als sie aus der Kabine torkelte.

Sie stellte sich neben mich und starrte sich selbst im Spiegel an. Sie trug ein einfaches schwarzes Kleid. Ich band die rote Schleife auf. Sie fuhr sich mit den Fingern durchs Haar, bis zu den Schultern, und sagte, sie hätte sich kämmen sollen. Ich begriff nicht, mit wem sie redete, denn es war sonst niemand da. Ich band die rote Schleife wieder zu.

»Sie haben langes Haar«, sagte ich, eigentlich mehr zu mir selbst.

»Aber nicht lang genug«, sagte sie. Dann schloss sie die Augen, ich verstand nicht, warum. Vielleicht versuchte sie sich etwas vorzustellen, wie sie so dastand und schwankte. Es war mir unangenehm, denn plötzlich musste ich versuchen, mir vorzustellen, was sie sich vorstellte, nämlich sich selbst, lediglich von diesem langen Haar bedeckt. Aber dann fiel mir ein, dass ihr Haar gar nicht lang genug war.

Ich verließ die Toilette, bevor sie die Augen wieder öffnen konnte. Ich hatte das Gefühl, fertig geredet zu haben, also suchte ich Epsilon und sagte, ich wolle nach Hause gehen. Er sagte, dass er seiner Tischdame noch einen Tanz versprochen habe. »Du bist kein lustiger Mann«, wollte ich gerade sagen, doch da erkundigte er sich so rücksichtsvoll, ob es für mich in Ordnung wäre, dass ich sagte: »Auf einer Skala von eins bis zehn würde ich nichts lieber sehn.« Das reimte sich, obwohl es gar nicht so gedacht war.

Ich stand an der Wand und sah ihnen zu. Es fiel mir schwer, ruhig stehen zu bleiben. Am liebsten wäre ich hinübergegangen und hätte gesagt: »Jetzt habe ich die Faxen dicke, Epsilon.« Ich verschränkte die Arme über dem Bauch, dann streckte ich sie zur Seite, ehe ich einige Tanzbewegungen machte. Ich wusste einfach nicht, wohin mit mir. Epsilon sah anders aus als zu Hause. Tatsächlich lustiger, wenn ich genau darüber nachdachte, auf eine schöne Art und Weise. Sein Haar im Nacken, über ihrer Hand, es wuchs geradezu horizontal zwischen seinen abstehenden Ohren hervor, anstatt nach unten. Dann wurde ich ganz ruhig, denn ich begriff, dass ich nur neidisch auf mich selbst war, die ich mit ihm zusammen war, ja, ich liebte ihn sogar.

Die restliche Adventszeit verbrachte ich im Sessel, während ich einen winzigen Ohrenwärmer strickte. Fast konnte ich den Winzling auf dem grünen Teppich vor mir spielen sehen, und wenn der Winzling hinauswollte, würde ich vom Küchenfenster aus auf ihn aufpassen können.

Doch an Heiligabend kam Tante Rot und brachte einen unerträglichen Bauchschmerz mit, kurz bevor wir eine Runde um den Weihnachtsbaum tanzen wollten. Ich warf das weiße Kleid in den Müllschacht und hörte mit dem Backen auf, und bald hing mein altes Kleid an mir herunter und schlackerte. Mit der Zeit schlackerte es immer mehr, und als der 17. Mai kam, war ich dünner als Epsilon.

»Pökelfleisch und Rührei, Mathea.« Ich hörte, wie Epsilon das Tablett auf dem Nachttisch abstellte, bevor er sich auf den Holzstuhl neben dem Bett setzte. Ich öffnete die Augen. An der Decke hing ein Ballon. »Den habe in der Karl Johans Gate gekauft«, sagte Epsilon.

»Oh«, sagte ich.

Er trug seinen Anzug und saß vornübergebeugt, die Ellenbogen auf den Knien, die Hände gefaltet. »Willst du mich denn gar nichts fragen?«, sagte er. Ich verstand nicht, worauf er hinauswollte. »Du willst doch immer um alles wetten«, sagte er, »was meinst du, wie lange er da oben hängen bleibt?«

»Epsilon, ich habe keine Lust.« Der Wind pfiff durch die Fensterritzen. Ich fror und zog mir die Decke bis zum Kinn.

»Ich glaube, eine Woche«, sagte er. »Oder nein, zwei, ich sage zwei. Was glaubst du?«

»Weiß nicht.«

»Mehr oder weniger?«, bohrte er weiter.

Ich hatte das Gefühl, von nun an für immer und ewig zu diesem Ballon Stellung nehmen zu müssen. Ich seufzte. »Mehr.«

»Also, wenn ich gewinne«, sagte Epsilon, »möchte ich, dass du mich in ein feines Restaurant begleitest und anschließend ins Theater.«

Ich schloss die Augen. »Ich kann nicht.«

»Aber ich wünsche es mir«, sagte Epsilon. »Was wünschst du dir, wenn du gewinnst?«

Ich antwortete nicht.

»Du kannst ja drüber nachdenken«, sagte Epsilon.

Ich drehte mich auf die Seite, damit er nicht sah, dass ich wieder weinte. Hinter mir konnte ich hören, wie er die Serviette auf seinem Schoß ausbreitete und das Besteck hervorholte.

Keiner von uns erwähnte den Ballon wieder, obwohl er direkt über unseren Köpfen hing wie eine Sprechblase, ich stellte mir vor, dass er lauter unbegreifliche Zeichen enthielt. Am Tag bevor ich die Wette gewonnen hätte, verstand ich, was ich mir wünschte. Ich hätte nicht gedacht, dass ich dazu in der Lage wäre, doch ich stand auf und holte eine Stricknadel aus der Kiste. Mit einem erleichterten Seufzer entwich die Luft aus dem Ballon.

Als Epsilon von der Arbeit zurückkam, hatte ich mich zurechtgemacht. Ich hatte die Haare mit einer Spange hochgesteckt und mir in die Wangen gekniffen. Er sah mich verwundert an, als ich dort mit Schuhen im Flur parat stand, meine Jacke war mir viel zu groß geworden.

»Du hast gewonnen«, sagte ich.

Epsilon stieß einen tiefen Schluchzer aus, er hatte ihn wohl viel zu lange zurückgehalten.

Ich strich mit meinem Finger über seine Stirn und glättete die kleinen Falten aus.

»Wie hübsch du bist«, sagte er.

»Danke«, antwortete ich und sah zu Boden. Er küsste mich auf den Kopf. Ich stieß mit meiner Schuhspitze gegen seine, immer wieder. »Hast du neue Schnürsenkel?«, fragte ich.

»Nein.«

»Oh nein«, sagte ich. Dann mussten wir lachen.

Ich erinnere mich weder an das Essen noch worüber wir sprachen, vielleicht sprachen wir nicht viel. Ich kann mich auch nicht erinnern, was wir im Theater sahen. Aber das macht nichts.

Obwohl dieser Tag eine Wendung einleitete, tat es noch immer weh, und in der Zeit, die folgte, verging kaum ein Tag, an dem Epsilon keinen Gruß von mir in seiner Tasche mit zur Arbeit nahm.

Es lässt sich unmöglich übersehen, dass die Bäume unterhalb der Kirche Weidenkätzchen bekommen haben. Bald wird wieder der 17. Mai gefeiert. Ich erinnere mich noch so gut an ein seltsames kleines Mädchen in der Musikkapelle der Lutvann-Schule. Es lief im Zug hinter der Hauptkapelle, die spielte, und vor der Aspirantenkapelle, die nur hinterherging. Das Mädchen hielt einen langen, dünnen Stock, an dessen Spitze eine Plastikpuppe befestigt war. Die Puppe trug eine braune Uniform und einen Hut mit einem orangefarbenen Puschel, sie war eine Miniaturausgabe des Mädchens selbst und der anderen Aspiranten. Ich weiß nicht, warum sie eine Puppe auf einem Stock trugen, was der Sinn dabei war, aber das Mädchen wirkte so stolz, wie es dort hinter der Hauptkapelle herging. Ich stellte mir vor, wie es darauf achten würde, die Puppe so hoch wie möglich zu halten, wenn es auf einen Hügelkamm zuging oder an hohen Autos, die am Wegrand parkten, vorbeimarschierte.

In diesem Jahr werde ich selbst zum Schlossplatz gehen und dem König zuwinken. Er wird mich aus der riesigen Menschenmenge auswählen. Seine Garde kommt auf mich zugelaufen und hält mich fest: »Der König möchte, dass Sie auf den Schlossbalkon kommen.«

»Was, ich?«, frage ich und sehe hinauf zu Harald oder Haakon oder wie auch immer er heißt, und dort steht er und nickt: »Ja, Sie. Niemand anders als Sie.«

In dem Moment stoße ich mit dem Knie gegen die Metallkante eines Einkaufswagens. Ich sehe mich hastig um, aber glücklicherweise hat es niemand beobachtet. Der Schmerz sticht wie ein Nagel in meiner parfümierten Kniekehle. Ich drohe dem Einkaufswagen mit geballter Faust, ehe ich in den Laden gehe.

Jetzt weiß ich auf jeden Fall, wie er heißt, denke ich auf dem Weg nach Hause. »Åge B. ist nicht hier«, sage ich laut, und es fällt mir ganz leicht.

Ich übernehme das«, sagte Epsilon. Aber wie immer wollte das Marktforschungsinstitut Gallup mit der Person im Haushalt sprechen, die zuletzt Geburtstag gehabt hatte. »Findest du es gerecht, dass das in fünfzig von zweiundfünfzig Wochen im Jahr ich bin?«, fragte ich. Widerwillig ging ich zum Telefon, ich wusste, dass ich keine Wahl hatte.

Ich habe einmal von reichen Amerikanern gehört, die Telefon und Kabel mit ins Grab nahmen, nachdem sie Edgar Allan Poes Novelle über die lebendig Begrabene gelesen hatten, doch ich hätte ihnen erzählen können, wie überflüssig das ist, da einen sowieso niemand anruft. Ich weiß, dass ich es selbst in der Hand habe, suche das neueste Telefonbuch heraus und blättere zu Martinsen. Ich überlege, wem ich hier eigentlich etwas vormachen will, ich stand schließlich nicht einmal auf der Absolventenliste meiner Schule. Als der Rektor bei der Abschlussfeier die Zeugnisse austeilte, wartete ich mit den anderen Schülern, die einer nach dem anderen aufgerufen wurden, bis am Ende nur noch ich übrig war.

»Wer bist du?«, fragte der Rektor.

Genauso wenig kann ich mir vorstellen, dass mein Name einmal auf meinem Grabstein stehen wird. Was schade ist, denn er gefällt mir von Tag zu Tag besser.

»Mathea Martinsen«, sagte ich und streckte den neuen Nachbarn die Hand entgegen.

Stolz klappten sie das Verdeck des Kinderwagens zurück.

»Und das is Klein June«, sagte die Mutter und zwinkerte dem Vater zu.

»Ach«, sagte ich, »genauso hieß vorhin auch eine Frau in den Todesanzeigen.«

»Ist dir aufgefallen, dass sie alle drei dieselbe Haarfarbe haben?«, fragte ich Epsilon anschließend.

»Kann sein.«

»Das finde ich eigentlich unnötig«, sagte ich.

»Martin Martinsen«, lese ich im Telefonbuch, »Mary«, »Mary«, »Mary«, wann wurde Mary so beliebt? »Mary« und »Mathea Martinsen« stehen dort. Mir kommen fast die Tränen, denn da stehe ich, zum Teufel noch mal, warum hat mich nie jemand angerufen? Niemand hat mich je angerufen. Noch dazu steht mein Name gleich zweimal da, aber dann erkenne ich anhand der Adresse, dass die andere nicht ich sein kann, wie kann bloß noch jemand Mathea Martinsen heißen, ich bin doch Mathea Martinsen. Oder vielleicht ist die andere es? Vermutlich ist sie es. Trotzdem fühle ich mich fast wie ein Teil des Ganzen, genau wie Schopenhauer es beschrieb, und nachdem ich mich eine Weile über die Sterntaste links unten gewundert habe, gelingt es mir, meine Nummer zu wählen. Zu meinem großen Glück ist besetzt. Ich bin eine vielbeschäftigte Frau, mein zweiter Name ist Zeitnot.

Ich bin einen Schritt weitergekommen im Leben, aber ich muss noch einen gehen. Man darf nicht stillstehen, sonst endet man irgendwann im Winterschlaf, und bevor man es überhaupt bemerkt hat, ist einem das Leben zwischen den Fingern hindurchgeglitten. Ich muss die Auskunft anrufen und nach Mathea Martinsen aus Haugerud fragen, vielleicht haben sie eine Statistik über die meistgefragten und beliebtesten Menschen des Landes, die Top Ten der Auskunft, und ich habe keine Lust, mürrisch hier herumzusitzen, nur weil ich nicht auf der Liste stehe. Ich möchte etwas daran ändern.

Ich übe mit der oberen Gesichtshälfte im Spiegel, frage nach Mathea Martinsen aus Haugerud, schnell und langsam, emotional und gleichgültig, mit und ohne Pony. Am Ende habe ich meinen Satz verinnerlicht.

Ich sage ihn laut und deutlich, damit er bis ans andere Ende der Leitung dringt, mitunter müssen lange Distanzen überbrückt werden.

»Möchten Sie direkt weiterverbunden werden?«

»Neinneinnein!«, rufe ich.

»Nein, was?«, sagt der Mann und ist über meinen Ausruf genauso überrascht wie ich. Er gibt mir die Nummer, ich schreibe sie vor mir in die Luft, und dann bitte ich ihn, die letzte Ziffer zu wiederholen. Das tue ich nur, um mich sichtbar zu machen.

»Danke für Ihren Anruf«, sagt er.

»Nein, ich habe zu danken, weil Sie ihn entgegengenommen haben«, sage ich.

Bis zur Tagesrevue rufe ich immer wieder an und frage nach meiner Nummer, jedes Mal mit einer anderen Stimme. Wenn ich sterbe, werden die Mitarbeiter der Auskunft trauern und sagen: »Erinnert ihr euch noch an Mathea, die den Rekord bei den ersten Plätzen auf der Top-Ten-Liste aufstellte? Erinnert ihr euch, wie gut das Geschäft damals lief? Wir konnten uns sogar eine Jahresfeier leisten.«

Ich habe heute etwas erreicht, denke ich, als ich Einar Lunde anschalte. Jon Gelius ist zum Glück von der Bildfläche verschwunden. Ich habe etwas geleistet, sage ich mir, ich war wer, Mathea Martinsen lässt sich nicht länger leugnen.

Der Gast des Tages in der Samstagssendung ist eine alte Dame, der die Königliche Verdienstmedaille in Gold verliehen wird. Ein halbes Jahrhundert lang stand sie ausnahmslos jeden Morgen um sechs Uhr auf, steckte bei jeder Wetterlage ihre Füße in die Randsaumstiefel, warf den Islandpulli um die Schultern, ging zu einem kleinen Haus in ihrem Garten und las die Wettermessungen der letzten vierundzwanzig Stunden ab, bevor sie wieder ins Haus ging und dem Meteorologischen Institut Bericht erstattete. Das scheint eine äußerst bedeutungsvolle Aufgabe zu sein, und vor dem kleinen Haus im Garten hängt ein großes Schloss, sicherlich um es vor Randalierern zu schützen, Betrunkenen auf dem Heimweg von der Kneipe, die in den Messbecher urinieren und »Ich geb dir sauren Regen, Oma!« grölen. Jetzt ist sie auf dem Schloss des Königs und nimmt die Medaille entgegen, und ich sitze da und muss mit ansehen, wie viel sie erreicht hat. Noch dazu ist sie ein Jahr jünger als ich, und man wird wohl kaum Samstagsgast in der Tagesrevue, indem man die Auskunft anruft und nach seiner eigenen Telefonnummer fragt. Plötzlich ereilt mich der Gedanke, dass sie vielleicht sehen konnten, dass ich nach meiner eigenen Nummer gefragt habe. Das ist der größte Witz der

Welt, ich werde der größte Witz auf der Weihnachtsfeier der Auskunft sein. Einar Lunde lächelt die Dame mit der Medaille an, und ich weiß nicht, was ich tun soll. Das Einzige, was ich tun kann, ist, zum Ausgleich einen anderen Witz zu erzählen, ich nehme den mit dem Schlafanzug. Doch niemand lacht.

Mathea Martinsen – *Über alles geliebt und schmerzlich vermisst*«, schreibe ich ganz oben auf ein Blatt und unterstreiche es mit dem Lineal. *»Liebenswert, freundlich, gut und sanft, so werden wir Dich in Erinnerung behalten. Wir hatten uns noch so viel vorgenommen, doch der Tod ist uns zuvorgekommen«,* fahre ich fort, und dann zeichne ich mit dem Geodreieck einen 30-Grad-Winkel. Ich versuche, mich auf etwas Nettes zu konzentrieren, zum Beispiel, dass ich als Mitglied meiner Baugenossenschaft zehn Prozent Rabatt auf Sarg und Grabstein erhalte, doch davon werde ich nur noch niedergeschlagener. Ich muss doch irgendetwas tun können, was nichts mit Beerdigungen oder Herdplatten zu tun hat. Ich nehme ein neues Blatt und beginne zu schreiben.

3. Christ werden. *Ich bin die Auferstehung und das Leben; wer an mich glaubt, wird leben, auch wenn er gestorben ist.*

Eines Ostermorgens fühlte ich mich religiös, aber es ging vorüber, als sie in der Tagesrevue einen Schrank voller Totenköpfe zeigten. »Und genau deshalb sehe ich nicht gern die Tagesrevue«, sagt Epsilon. »Ich möchte nicht riskieren, einen Schrank voller Totenschädel zu sehen.«

4. So tun, als wäre ich ein Baum.

Ich habe Yoko Ono im Fernsehen gesehen, sie hatte eine Ausstellung mit Bäumen, die aus Särgen wachsen. Es muss doch langweilig sein, ein Baum zu werden, da die Bäume eigentlich aussehen, als würden sie einfach nur aufrecht stehen. Das reimt sich. Ich müsste es beurteilen können, denn ich stehe ziemlich viel aufrecht. Ich beschließe dennoch, in den Wald zu gehen und dem Baumsein nachzuspüren, vielleicht ist es besser, als ich denke.

Auf dem Weg zum Lutvann begegnet mir ein Hund, der sein Bein an einer Kiefer hebt, ich blicke ihn missbilligend an und murmle einige unschöne Wörter. Ich gehe weiter und feiere innerlich ein kleines Fest, weil ich wieder im Wald bin. Ich erkenne die Wurzeln und die Steine am Hang wieder, die Bäume stehen dort, wo sie immer standen, und es ist schön, jemanden zu haben, der auf einen wartet. »Ihr seht keinen Tag älter aus«, sage ich. »Du siehst viel jünger aus«, sagen sie, »und dieser Pony steht dir einfach wunderbar!« Plötzlich taucht ein Ameisenhaufen auf und erfüllt mich mit Schrecken. Doch dann hebe ich den Blick, der Lutvann liegt immer noch da, obwohl jemand einen Eisenbahntunnel darunter hindurch gebaut hat, dessen Dach undicht ist, und irgendwo auf dem Grund des Sees liegen ein Baiser, das aus reiner Luft bestand, und ein Stein, der nicht schwimmtüchtig war.

Ich gehe weiter am Ufer entlang bis zu dem Platz, wo Epsilon und ich immer unser Zelt aufschlugen. Hier verbrachten wir unsere Sommer, bis Stein starb, und bald ist wieder Sommer. Ich setze mich auf einen Baumstumpf und bemerke über meinem Kopf etwas, das sich wie ein Gespräch anhört.

Nicht einen kleinen grauen Vogel, der vom grünen Ast her-

untersingt, gibt es auf der andren Seite, was traurig für mich klingt.

Nicht einen kleinen grauen Vogel, nie eine weiße Birke, die den Weg dort säumt – und doch hab ich mich manches Mal, auch am sonnigsten Tag, dorthin geträumt.

Ich spreche auch ein bisschen, fast im Kanon mit dem Vogelgezwitscher. »Erinnerst du dich noch daran, wie du mal Moos gegessen hast, nachdem du eine Wette verloren hattest, und dir anschließend eine Woche lang schlecht war?«, frage ich.

»Eine Woche?«, sagt Epsilon. »Meinem Magen ging es monatelang schlecht. Im Grunde fühle ich mich bis heute noch nicht wieder ganz gesund.«

Der Gesundheit zuliebe, oder weil wir nichts Besseres zu tun hatten, organisierte ich für uns Morgengymnastik am Strand. Ich war der pädagogisch versierte Lehrer, Epsilon der widerwillige und begriffsstutzige Schüler. Aber manchmal hatte ich sogar das Gefühl, es mache ihm Spaß. »Es ist ein bisschen so, wie auf einem Pferd zu reiten«, sagte er, als ich ihm beibrachte, mit den Knien zu rollen. Mitunter war er wirklich drollig.

»Das war ein schönes Bild, Epsilon«, sagte ich. »Danke schön.«

Abends versuchte ich, ihn zum Nacktbaden zu überreden, weil das so romantisch klang, aber er weigerte sich: Nach einer Begegnung mit einer Qualle traute er mir nicht mehr, was das nasse Element betraf. Sie können tatsächlich beißen, und obwohl wir weit von Salzwasser und Quallen entfernt waren, wollte er auf keinen Fall ein Risiko eingehen. Der einzige Kompromiss, auf den er sich einließ, war Nacktwaten, also taten wir es.

Bevor wir schliefen, las Epsilon laut etwas über Standard-abweichung und Konfidenzintervalle vor, während ich die Taschenlampe hielt. Ich machte die Taschenlampe schon bald aus, Epsilon las im Schein des Mondes weiter. Es ist eine gute Sache, jemanden zu haben, der wach ist, während man schläft.

Eines Sonntagmorgens wachte ich davon auf, dass Epsi-lon »Orientierung« sagte. »Das passt doch wie die Faust aufs Auge zu dir.« Verwirrt zog ich mich am Kopfende des Bet-tes hoch. »Ich habe eingesehen, dass es nicht länger nur um meine Gefühle gehen kann«, sagte er. Aber genau darum ging es.

Der örtliche Sportverein hatte auf Plakaten angekündigt, dass er am St.-Hans-Abend einen Orientierungslauf für Amateure veranstalten würde. Als der Tag gekommen war, wartete ich an der Startlinie, und Epsilon stand mit erhobe-nem Daumen an der Seitenlinie, er musste immer übertrei-ben. Als der Startschuss fiel, flüchtete ich geradezu panisch aus dem Gedränge. Ich sauste über Steine und Heide davon, und die Posten leuchteten mir entgegen wie Notsignale im Nebel. Ehe ich mich versah, erblickte ich schon den Ziel-einlauf und das Publikum, das auf den Gewinner wartete. Ich bremste ab und ging nach Hause.

»Ich stand eine halbe Ewigkeit dort«, sagte Epsilon, als er endlich zur Tür hereinkam, es war spät geworden. »Was ist passiert?« Er schien nicht im Geringsten besorgt. Wenn ich es mir recht überlegte, wirkte er fast ein bisschen sauer.

»Fragst du mich, dann frag ich dich«, sagte ich von mei-nem Sessel im Wohnzimmer aus.

Er ging ins Bad, um sich bettfertig zu machen. »Hey!«, rief er. »Wer hat meine Zahnbürste auf die Fußfeile gelegt?«

Ich stehe ein wenig aufrecht, während ich an den Baum denke, der im Wald umfällt. Wenn niemand es hört, hat der Baum dann ein Geräusch gemacht, ist er überhaupt umgefallen? Vielleicht ist es schlau von mir, ohne Zeugen aus dem Leben zu fallen. Während ich darüber nachdenke, fällt mir auf, dass das, was ich neben meinem Fuß für einen braunen Ast hielt, doch kein Ast ist. Es ist ein Frosch. Er sitzt vollkommen unbeweglich neben mir, als gehörte er zum Pflanzenreich, und ich bin mir sicher, er tut es genau wie ich aus Angst vorm Sterben. Wahrscheinlich ist das sein Trick, um nicht gefressen zu werden. Es ist sicherlich kein schlechter Trick, den Tod zu überlisten, indem man sich unsichtbar macht.

Der schönste Tag wollte enden, die schwarze Nacht trat leise hinzu, ein Feuer flackerte, ohne zu blenden, im Licht der Berge verschwandest du.

Die Dämmerung setzt ein, die Lichter über der Stadt und die Sterne werden sichtbar. Ich denke an Stein, am meisten aber denke ich an Laika. Sie nannten sie Löckchen und Käferchen und Zitrönchen und banden sie in einem Raumfahrzeug fest, das nicht fürs Landen konstruiert worden war. Heutzutage muss man nur einen Slogan für Schokolade erfinden, um eine Reise ins Weltall zu gewinnen, und ich habe gelesen, dass man als Weltraumreisender bei seiner Rückkehr jünger ist, als man es wäre, wenn man auf der Erde geblieben wäre, denn Zeit ist relativ. Ein Tag mit Epsilon ist beispielsweise nicht dasselbe wie ein Tag ohne ihn.

Ich habe mir eine Mütze gestrickt, sie ist pflaumenrot, mit einem adretten Lochmuster, ich dachte, ein wenig Luftdurchlässigkeit kann nicht schaden, jetzt, wo Frühling ist. Ich setze sie auf und fühle mich wie eine Preiselbeere im Schnee, und ich überlege, ob man mich wohl vom Mond aus sehen kann. Mich und die Chinesische Mauer.

Epsilons und meine erste Begegnung mit den Nachbarn übertraf all unsere Erwartungen. Doch dann begegnete ich Junes Mutter allein, und irgendetwas lief schief, ohne dass ich genau sagen konnte, was. Ich war der Meinung, sie grüßen zu müssen, um einen netten Eindruck zu machen. Wir wohnten trotz allem Tür an Tür, nur mit einer dünnen Wand zwischen uns. Ich hatte erwartet, dass sie einfach zurückgrüßen würde, bevor wir wieder unserer Wege gingen, und wurde nervös, als ich begriff, dass sie grübelte, was sie noch sagen könnte. Nachdem ich sie eine halbe Ewigkeit geduldig angesehen hatte, fragte sie, ob sich meine Zerrung gebessert habe, obwohl ich ihr am Vortag erzählt hatte, dass sie chronisch sei. Ich fasste mir an den anderen Oberschenkel als den, auf den sie gezeigt hatte, und beugte mich vor. Ich dachte, es wäre nett, ihr ein Geheimnis ins Ohr zu flüstern und auf diese Weise ein Band zwischen uns zu knüpfen. Mitten in der Bewegung hielt ich inne, damit sie sich vorbeugen und mir auf halbem Weg entgegenkommen konnte. Ich glaubte, einen gewissen Widerwillen ihrerseits zu spüren, versuchte aber, es nicht persönlich zu nehmen. Ich senkte meine Stimme für den Fall, dass jemand lauschte. »Ich glaube, es könnte vielleicht ...«, ich hielt eine Sekunde inne, beschämt, bevor ich, so leise es ging, weiterflüsterte: »... psychische Ursachen haben.«

Sie sagte nichts, blickte mich nur an, als hätte ich einen derben Witz erzählt. Ihr merkwürdiges Lächeln schien trügerisch.

Ich sah mich um, suchte nach einem Ausweg, nach etwas anderem, worüber ich sprechen konnte. Ich musste nicht lange suchen. »Apropos psychisch«, sagte ich und spürte eine Erleichterung angesichts des schmerzfreien Übergangs zu einem neuen und unverfänglicheren Thema. Ich nickte zur Tür des Nachbarn auf der anderen Seite des Flurs hinüber: »Wussten Sie, dass er schizophren ist?«

»Das stimmt doch gar nicht«, entgegnete sie.

»Doch«, sagte ich, »ich habe schon verschiedene Stimmen aus der Wohnung gehört.«

Im Laden muss ich lange suchen, bis ich Marmelade in der Tube finde, für die ich eine Reklame im Fernsehen gesehen habe. Niemand fragt mich, ob ich Hilfe brauche. Selbst wenn ich vom Mond aus sichtbar wäre, würde mir das wahrscheinlich nicht viel helfen. Nun, da ich endlich das richtige Regal gefunden habe, kann ich genauso gut zwei Tuben auf einmal kaufen. Ich schaue mich um, bevor ich eine Tube unter jeden Arm klemme. *Wo bin ich? Was tue ich? Wozu?*, denke ich auf dem Weg zur Kasse.

Ich gehe automatisch zu der Kasse, an der das Mädchen sitzt, sie leckt sich den Finger und blättert in einer Zeitschrift, die vor ihr liegt. Ich kann meinen eigenen Pulsschlag gegen die Schläfen pochen hören, Schuhe, die auf dem Boden knirschen, und eine alte Stimme, die unglaublich leise »Guten Morgen« sagt. Ich begreife, dass ich es bin.

Das Mädchen antwortet nicht, und ehe ich es mich versehe, bin ich an ihm vorbeispaziert. Es geht kein Alarm los, und draußen ist alles wie immer, alle benehmen sich, als sei nichts passiert. Als ich den Parkplatz überquere, kann ich nicht anders, als auf die Mütter mit Kinderwagen herabzublicken, und ich schnaube den Tauben verächtlich direkt in ihre kleinen Vogelgesichter.

Åge B. ist im Waldstück auf Position, und diesmal ist auch die Banane wieder mit dabei. Der Mann ist ein Mysterium. Wenn er sich wenigstens entblößen würde oder etwas in der Art. Ich grüble, warum er so oft dort am Wegrand steht. Es ist sicher nicht ganz ungefährlich dort, es gibt viele Zecken und suspekte Typen, die in den Büschen umherschleichen. Aber vielleicht hat er etwas begriffen, was ich nicht begriffen habe. Er sieht mich nicht, bis ich sage »Hier bin ich«, und selbst dann muss er seinen Blick schweifen lassen, ehe er auf mich fällt. Ich erwarte, dass er mir ein Kompliment für die Mütze macht, doch stattdessen fragt er mich nur, wie viel Uhr es ist. Dadurch werde ich nichts von dem los, was ich hätte sagen können. Ich fühle mich so unendlich müde. Aber das ist nicht Åge B.s Schuld, und ich nenne ihm die Uhrzeit.

Als ich nach Hause komme, muss ich Brotscheiben mit

Erdbeermarmelade ohne Beeren essen, aus der Tube rinnt nur eine flüssige Brühe. Ich versuche, trotzdem zufrieden zu sein. Und es stimmt wohl, dass der HERR oder irgendwer sonst gar keine andere Wahl hat, als auch mit dir zufrieden zu sein, wenn du selbst zufrieden bist. Ich sehe ein, dass ich in meinem Leben keine Erdumseglung oder eine Karriere brauchte, und mit einem Mal bin ich nicht mehr ganz so schwer wie Blei. Vielleicht eher wie Silber. Und Silber ist keine Niederlage.

»Du bist ein Gewinner«, sagte ich zu Epsilon, er war so niedergeschlagen. »Und das wissen sie auch.« Ich legte das letzte Laken in den Korb und befestigte die Wäscheklammern an seinem Hemdsärmel. »Sie wissen, dass du viel zu intelligent für diese Stelle bist. Dass die Arbeit keine große Herausforderung für dich wäre, dass du dich schon zu langweilen begonnen und vielleicht sogar gekündigt hättest, noch ehe sie es überhaupt geschafft hätten, dir eine andere und viel bessere Stelle zu geben als die, die jetzt frei war.«

»Mein Verstand ist nicht mehr das, was er mal war«, sagte Epsilon. »Mein Gedächtnis ist schlechter geworden.«

Ich korrigierte seinen Seitenscheitel. »Denk daran, dass du mir alles beigebracht hast, was ich kann«, sagte ich. Doch Epsilon sah noch genauso traurig aus. »Und wen frage ich jedes Mal, wenn ich überlege, wie viele Seiten ein rechtwinkliges Dreieck hat?« Epsilon lächelte ein wenig mit einem Mundwinkel und hob den Korb. »Dich«, sagte ich und hakte mich an seinem Arm ein, der voller Wäscheklammern war. »Außerdem siehst du wahnsinnig gut aus.« Ich sagte das nicht, um nett zu sein. Ich meinte es wirklich.

Im Fernsehen läuft ein Programm über Sprache, sie haben Besuch vom besten Norweger im Rückwärtssprechen. Das Ganze fing an, als er im Alter von sechs Jahren herausfand, was »Nebel« ergab, und danach konnte er nicht mehr aufhören. Der Moderator fragt, ob er ihn ein wenig testen dürfe, und der norwegische Meister antwortet, das sei selbstverständlich. »Dann fangen wir mit einem nicht allzu langen Wort an«, sagt der Moderator, »nämlich mit dem Wort *Palindrome.*« Aus dem Mund des norwegischen Meisters purzeln einige unverständliche Laute, ich bin beeindruckt, wie schnell es geht. »Und da wir im Fernsehen sind«, sagt der Moderator, »haben wir die Möglichkeit, die Aufnahme rückwärts abzuspielen, um zu hören, ob es wirklich *Palindrome* ergibt.« Doch dabei kommt etwas ganz anderes heraus. Der Moderator ist peinlich berührt, der norwegische Meister dagegen sieht aus, als könne ihn kein Wässerchen trüben.

Ich stehe vom Sessel auf und gehe ins Bad. Ich hole eine neue Klopapierrolle und öffne sie vollkommen perfekt, ohne einen einzigen Riss im Papier. Trotzdem spüre ich nur Leere, wie ich so auf dem Badezimmerboden stehe, mit der Klopapierrolle in der Hand und einem deutschen Gedicht im Kopf.

> *Ich weiß nicht, was soll es bedeuten*
> *Dass ich so traurig bin;*
> *Ein Märchen aus alten Zeiten,*
> *Das kommt mir nicht aus dem Sinn.*

Mathematische Beweise erzählen uns nicht nur, *dass* etwas wahr ist, sondern auch, *warum* es wahr ist«, erklärt Epsilon. Ich wollte nicht hören, was er mitzuteilen hatte. »Mathea«, hatte er gesagt, als er zur Tür hereinkam, irgendetwas war anders an der Art und Weise, wie er meinen Namen aussprach, gerade so, als hätte er ihn kurz davor oft hintereinander gesagt. »Kannst du dich bitte an den Küchentisch setzen?«, war er fortgefahren, genauso mechanisch, und da hatte ich zu zittern begonnen, weil ich bereits dort saß.

»Du weißt, dass ich nichts davon verstehe«, sagte ich und sah auf die beiden Kreise, die er auf den Zettel gezeichnet hatte, der vor ihm auf dem Tisch lag.

»Aber es ist nicht so beängstigend, wie du glaubst«, entgegnete Epsilon. »Es ist nichts anderes als angewandte gesunde Vernunft.«

»Epsilon«, sagte ich.

Doch er unterbrach mich: »Alles, was man braucht, ist eine Kette logischer Schlüsse, von dem, was man bereits weiß, hin zu dem, was man zeigen möchte. Jeder einzelne Schritt in der Kette muss so einfach sein, dass sich alle von der Richtigkeit überzeugen können.«

Es war allmählich geschehen und hatte an dem Tag begonnen, als June zur Armee ging. Der Vater und die Buchhalterin hatten die Situation im Griff, die Mutter dagegen blieb allein in der Wohnung, ohne dass jemand für sie einkaufte. »Sie muss etwas essen«, sagte Epsilon.

»Aber das hat doch keine Eile«, entgegnete ich, »ein Mensch kann mehrere Wochen lang ohne Essen auskommen, solange er Wasser trinkt, und das hat sie ja im Wasserhahn.«

Epsilon schien nicht überzeugt.

»Außerdem weiß ich nicht, was sie gern isst«, sagte ich.

»Du kannst dir doch eine Einkaufsliste von ihr schreiben lassen.«

»Nein, das ginge wirklich zu weit«, sagte ich. Und dachte nicht weiter daran.

Es war mehrere Wochen später. Epsilon war nicht zu Hause. »Wie kannst du an einem Samstag etwas auf der Arbeit zu tun haben?«, hatte ich gefragt. »Plötzlich kann jemand da sein, der mich braucht«, hatte er gesagt, als ob dasselbe nicht auch für mich gelten würde. Die Pläne, die ich für uns geschmiedet hatte, fielen ins Wasser, also musste ich spontan handeln und die Dinge aus dem Stegreif angehen. Mir war klar, dass mehr Leute dort sein würden als an Werktagen, aber dennoch trieb mich irgendetwas dazu, in den Laden zu gehen. Mit einem mulmigen Gefühl holte ich das Einkaufsnetz. Auf einmal kam mir der absurde Gedanke, dass ich Junes Mutter treffen würde. Was sollte ich nach all den Jahren zu ihr sagen?

Doch dann begegnete ich nicht Junes Mutter. Sondern Epsilon. Er wusste, dass ich an den Wochenenden nicht einkaufen ging. Er stand hinter den Regalen mit den Konserven und war sich völlig sicher, dass ich ihn nicht dort stehen und überlegen sehen würde, was Junes Mutter gern aß, er hatte keine Ahnung, dass ich beim Anblick seines Rückens abrupt anhielt und den Einkaufskorb absetzte, mich umdrehte und ging, während ich überlegte, ob er überhaupt auf der Arbeit gewesen war.

Zu Hause angekommen, setzte ich mich, um zu stricken und zu warten. In einem Wohnblock gibt es so viele Geräusche, ich konnte das Wasser durch die Rohre der Nachbarwohnung rauschen hören. Doch je mehr ich mich anstrengte, nicht hinzuhören, desto mehr glaubte ich, Epsilons Stimme zu vernehmen. Ich beschloss, dass ich etwas tun musste, eine Lösung finden, und als Epsilon nach eineinhalb Ohrenwärmern endlich auftauchte, hatte ich mir bereits das ganze Gespräch zurechtgelegt.

»Wenn du unbedingt willst, können wir umziehen«, sagte ich.

»Ich will nicht umziehen«, sagte Epsilon und machte mir einen Strich durch die Rechnung.

»Aber ich weigere mich, nach Spitzbergen zu ziehen«, sagte ich, ein Vorstoß, den ich ebenfalls nicht geplant hatte. »Die Eisbären dort sind ziemlich durchtrieben. Sie sind ganz weiß, genau wie der Schnee.« Epsilon rieb sich die Schläfen, und ich wurde gestresst. »Aber ihre Schnauzen sind schwarz, deshalb verbergen sie sie mit einer Pfote, wenn sie sich der Beute nähern.«

»Was redest du da, Mathea?«

»Aber eigentlich hätte ich nichts zu befürchten, denn man muss nicht schneller als der Eisbär sein, es reicht schon, schneller als sein Mitreisender zu sein.« Da hatte er immerhin was, worüber er nachdenken konnte.

Dann kam Epsilon eines Tages nach der Arbeit nicht zur Tür herein. Vom Küchenfenster aus hatte ich ihn in unseren Wohnblock gehen sehen, und ich hatte die Treppenstufen gezählt, die er bis zum zweiten Stock steigen musste. Am Ende trat ich zum Spion. Er stand einfach nur da, zwischen unserer Tür und der Tür zu Junes Mutter, und blickte die Treppe hinab. Ich beeilte mich zu öffnen: »Willkommen zu Hause!«

Epsilon wurde immer stiller, und an seinem Geburtstag fragte ich ihn, worüber er nachdachte. Ich dachte, es wäre mein hausgemachter Pudding, doch es war das Monty-Hall-Problem. Dabei ging es um eine amerikanische Fernsehshow, bei der die Teilnehmer zwischen drei Türen wählen konnten. Hinter zwei der Türen stand eine Ziege, hinter der letzten ein Auto. Die Teilnehmer wählten eine Tür aus. Daraufhin öffnete der Moderator eine der anderen Türen, von der er wusste, dass dahinter eine Ziege stand. Nun durfte der Teilnehmer entscheiden, ob er eine andere Tür wählen wollte oder die behalten, die er bereits ausgesucht hatte.

Ich sah Epsilon ungläubig an. »Er muss die behalten, die er zuerst ausgesucht hat.«

»Tatsächlich«, sagte Epsilon, »sollte er tauschen. Die Wahrscheinlichkeit, dass der Teilnehmer gleich zu Beginn die richtige Tür wählt, liegt bei einem Drittel. So groß ist die Wahrscheinlichkeit zu verlieren, wenn er die Tür wechselt. Die Wahrscheinlichkeit, dass er beim ersten Mal nicht die richtige Tür wählt, liegt bei zwei Dritteln. So groß ist die Wahrscheinlichkeit zu gewinnen, wenn er die Tür tauscht. Also lohnt sich der Tausch für den Teilnehmer, denn dann liegt die Wahrscheinlichkeit zu gewinnen bei zwei Dritteln.«

»Was meinst du eigentlich mit gewinnen?«, fragte ich.

»Das Auto zu bekommen.«

»Warum?«

»Stell dir nur mal die Freiheit vor, einfach loszureisen«, antwortete Epsilon.

»Mag er keine Ziegen?«

Epsilon sah mich verständnislos an.

»Alle mögen doch wohl Ziegen, oder?«

»Ja, sicher.«

»Also hat er zuerst *eine* Ziege ausgewählt?«, fragte ich.

Epsilon stöhnte: »Wahrscheinlich.«

»Dann muss er sie auch behalten. Sonst hat er keinen Anstand.«

Epsilons Blick wurde fern.

»Mehr Pudding?«, fragte ich.

Doch da stand er abrupt auf und ging vom Tisch weg, noch immer die Gabel in der Hand. Ich beeilte mich, ihm ins Wohnzimmer zu folgen, ich hielt das alles nicht mehr aus. »Was ist mit dir, Epsilon?«

Er blieb stehen. Er sagte, er wisse es nicht, und ich wusste, dass er log. Wir standen einander gegenüber, und Epsilon sah mich an, bevor er auf den Teppich blickte.

»Ich wusste es«, sagte ich. »Ich wusste, dass du lügst.«

Epsilon schüttelte den Kopf. »Ja«, sagte er schließlich.

»Warum?«, fragte ich. »Du machst alles so schwierig.«

»Ich weiß nicht. Was ich auch tue, immer geht alles schief.« Er weinte nicht, ich verstand nicht, warum er nicht weinte. »Es tut mir innerlich so weh«, sagte er, aber er wirkte einfach nur kalt, ich erkannte ihn nicht wieder. Dann fasste er sich mit einer schnellen Bewegung an die Brust, mit der Hand, in der er nicht die Gabel hielt: »Hier.«

Ich verdrehte die Augen.

»Und deshalb tue ich Dinge, von denen ich nicht weiß, warum ich sie tue«, fuhr er fort.

»Aber du machst doch alles nur noch schlimmer«, sagte ich mit Tränen im Hals. Ich ging zu ihm und riss ihm die Gabel aus der Hand. Dann warf ich sie mit aller Kraft gegen die Wand. Ich konnte sie nicht fest genug werfen. Epsilon sah völlig erschrocken aus. Es fühlte sich an, als wollte mein Körper mich nicht länger tragen, die Schultern sanken nach vorn, die Knie knickten ein, als hinge ich an einer Schnur von der Decke herab. Ich schluchzte.

Zögernd hob Epsilon die Hände, ich dachte, er wolle mich umarmen, aber er traute sich wohl nicht, denn er tätschelte mir nur vorsichtig die Arme und sagte: »Na, na.«

In jener Nacht träumte ich, dass er ihren Namen sagte und dass ich Einar Lunde aus Rache »meinen Nachrichtensprecher« nannte. Aber das Schlimmste war, dass ich im Traum auch mit einer Puppe auf dem Schoß dasaß, während ich auf Einar zeigte und sagte: »Guck mal, Papa ist im Fernsehen.«

Am nächsten Tag sprachen wir kaum miteinander. Wir hatten uns nie zuvor derart gestritten, und keiner von uns wusste so recht, was nun zu tun wäre. Bald gingen wir nur noch umeinander herum und aneinander vorbei. Epsilon saß die meiste Zeit mit der Nase in einem Buch versunken, während ich Tagträumen nachhing, in denen Junes Mutter, Epsilon und ich Schlitten fuhren. Am Fuße des Abhangs war sie für immer verschwunden, durch Gottes Hand oder meine.

Die Jahreszeiten wechselten sich ab, und Epsilon benahm sich mir gegenüber immer merkwürdiger. Er erzählte, dass

Junes Mutter damit angefangen hatte, die Wohnung zu verlassen.

»Warum das?«, fragte ich und wusste, dass ich nun am Spion besonders auf der Hut sein musste, bevor ich dasselbe tat.

Epsilon versuchte nicht einmal, mir zu versichern, dass er sie zufällig getroffen hätte. »Sie hat eingesehen, dass sie mehr im Leben braucht.«

»Mehr als Konserven?«, fragte ich, aber er verstand nicht, worauf ich anspielte.

Dann geschah das, was früher oder später geschehen musste. Auf dem Weg vom Waschkeller nach oben hörte ich Schritte hinter mir, und ich wusste, es war Junes Mutter. Ich hätte davonlaufen sollen, aber ich war gezwungen, sie zu sehen. Ich blieb stehen, war so nervös, mir war beinahe unwohl, als ich mich umdrehte. Sie war schön, sogar noch schöner, als ich sie in Erinnerung hatte. Sie war sehr klein im Verhältnis zu mir, wie sie da so eine Treppenstufe weiter unten stand. Wenn sie mir in die Augen sehen wollte, musste sie den Kopf in den Nacken legen, wozu sie nicht in der Lage war, wie ich mir einbildete. Ich sah vor meinem inneren Auge, wie ihr in den achtziger Jahren jemand aufgefahren war und sie ein Schleudertrauma erlitten hatte. Und es war für mich ausgeschlossen, etwas zu ihr zu sagen, als sie so dastand und mir direkt auf die Taschen starrte. Dann drehte ich mich wieder um, lief die Treppen hinauf, so schnell ich konnte, und schlüpfte durch meine Tür.

June kam als ganzer Mann von der Armee zurück. Er konnte sein Bett machen und einen Menschen erschießen, das sah ich ihm an. Auch seine Mutter war wie ausgewechselt nach diesem Jahr, das für mich dagegen nur einen einzigen Lichtblick gehabt hatte: als ich mir die Hüfte ausrenkte.

»Jetzt belegt sie sogar einen Kurs«, sagte Epsilon, beinahe stolz, als ob das sein Verdienst sei. »In Rechnungswesen.«

»Aber sie kann doch kein R aussprechen«, sagte ich.

»Ja, ist das nicht schön? Sie ist jetzt wie eine Lokomotive, nichts kann sie aufhalten.«

Epsilon deutete auf die beiden Kreise, die er auf das Blatt gezeichnet hatte, der eine umschloss den anderen. »Wir können den großen Kreis E nennen und den kleinen M und davon ausgehend sagen, dass M Teilmenge von E ist.«

»Gibt es kein M außerhalb von E?«

Epsilon betrachtete erst mich, dann seine Zeichnung. »Das kann ich nicht … ich kann das nicht erkennen, nein«, sagte er, seine Stimme klang so fremd. Und dann begann er, mit zittrigem Strich einen dritten Kreis außerhalb der beiden anderen zu zeichnen, aber ich wollte es nicht sehen, ich konzentrierte mich auf das M und das E. Der Strich des dritten Kreises näherte sich dem Rand von E, und ich wollte ihn bitten, damit aufzuhören, wusste aber, dass das nicht genug wäre. Ich starrte auf den großen Kreis, der den kleinen umschloss, meine Augen füllten sich mit Tränen, und ich konnte nur schwer etwas erkennen, aber in diesem Moment sah ich es, ich begriff.

»Epsilon«, sagte ich, aber er hörte nicht auf, er fuhr damit fort, den dritten Kreis zu zeichnen. »Bedeutet das nicht auch, dass Nicht-M Teilmenge von Nicht-E ist?«

Und in diesem Moment, kurz bevor sich die Linien schnitten, hörte er auf.

Ich rühre keinen Finger, ich sitze mehrere Tage lang im Sessel und beachte nicht einmal die beiden Fliegen, die sich auf meinem linken Knie paaren. Ich habe meine Mütze auf dem Kopf, murmle deutsche Gedichte vor mich hin und überlege, warum ich so traurig bin.

Dann sammle ich all meine Kräfte und gehe zum Bücherregal, wo ich das Lexikon herausnehme und B aufschlage, denn häufig ist es so, dass Klarheit auf einem Gebiet Klarheit auf einem anderen mit sich bringt. Ich schlage Banane nach. Im Lexikon steht, dass die Bananenpflanze zwar aussieht wie ein Baum, in Wirklichkeit aber ein riesiges Gewächs ist, das Blüten ohne Geschlechtsorgane und Früchte ohne Samen trägt. Ergo werden die Bananen keiner Form der Befruchtung ausgesetzt und spielen keine Rolle in der Vermehrung der Pflanze, und wenn die Bananenpflanze ihre Früchte abgeworfen hat, stirbt sie. Dieses sinnlosen Kreislaufs wegen liebte Buddha die Bananenpflanze, sie symbolisierte die Hoffnungslosigkeit allen irdischen Strebens.

Ich identifiziere mich mit der Banane, denn ich bin nicht nur genauso krumm, ich trage auch Blüten ohne Geschlechtsorgane und Früchte ohne Samen und bin daher

Buddhas Meinung nach sinnlos. Und ich glaube, er hatte nicht unrecht, was die Hoffnungslosigkeit allen irdischen Strebens betrifft. Es fühlt sich hoffnungslos an; ich habe im Laden gestohlen, Åge B. die Uhrzeit gesagt, eine Zeitkapsel vergraben, Brötchen gebacken, die Herdplatte aufgedreht, versucht, meine eigene Beerdigung zu planen und ein Baum zu werden, und das Schwerste von allem – ich habe das Telefon benutzt, das war mehr, als ich mir je zugetraut hätte, und trotzdem sitze ich hier in der Wohnung und habe noch genau die gleiche Angst vorm Leben und vorm Sterben. Und war es nicht auch Buddha, der meinte, dass alles nur Leiden sei? Ich glaube, wenn ich religiös wäre, dann wäre ich Buddhist, und wäre ich eine Frucht, dann wäre ich eine Banane.

Ich lege das Lexikon beiseite, gehe zum Küchentisch und setze mich. Hamsun sagte, nichts sei so wie der *Hauch des lebendigen Lebens*, und ich wünschte, jemand würde bei mir klingeln, auch wenn es nur ein Klingelstreich wäre.

Eines Vormittags, als Junes Kinderwagen auf unserem Treppenabsatz stand, klingelten ein paar junge Mädchen bei uns. »Dürfen wir auf Niels aufpassen?«, fragten sie und sahen erst unser Türschild an, dann mich.

»Der ist auf der Arbeit«, antwortete ich.

Über das Missverständnis kichernd, sahen sie erneut auf das Türschild. »Und was ist mit Stein?«

»Der ist tot.«

Auch ein Einbruch wäre schön, und wenn der Marktforscher von Gallup das nächste Mal anriefe und fragte, wann wir zuletzt Besuch gehabt hätten, könnte ich antworten, dass es noch gar nicht so lange her sei.

Sie stahlen den Fernseher und das *Statistische Jahrbuch für das Königreich Norwegen. Erster Jahrgang. 1880*, in dem man unter anderem lesen konnte, dass *im Reich 4568 Geistes-kranke (Idioten nicht mitgerechnet) registriert* waren. Epsilon und ich waren im Sommerurlaub gewesen und spazierten trällernd aus dem Wald, doch das Idyll sollte ein jähes Ende nehmen, denn als wir nach Hause kamen, bemerkten wir sofort, dass etwas nicht stimmte.

»Jemand hat unser Türschloss mitgenommen«, sagte Epsilon.

»Jemand hat unseren Fernseher mitgenommen«, sagte ich.

»Ob die meinen Zettel nicht gesehen haben?«, fragte Epsilon.

»Wir haben eine Alarmanlage«, hatte er auf den Zettel geschrieben, denn alle Statistiken zeigten, dass es nicht die Alarmanlage selbst war, die gegen Einbrüche half, sondern die Illusion, dass jemand eine besaß. »Dann sollten wir wohl lieber nicht hundert Prozent ehrlich sein«, hatte ich gesagt, als ich den Zettel unter unserem »Willkommen!«-Schild befestigte.

Zunächst sah es so aus, als hätten sie nichts anderes mitgehen lassen als den Fernseher und das wenige, was wir an Tafelsilber besaßen.

»Zum Glück«, sagte Epsilon.

»Solange wir uns haben«, sagte ich. Dennoch betrachtete ich meine selbstgemalten Aquarelle mit anderen Augen, auch meine selbstgebastelte Perlenkette, die so offen auf dem Nachttisch gelegen hatte. Epsilon wirkte erstaunlich gefasst, aber nur so lange, bis er die Lücke im Bücherregal entdeckte. Er sank auf den nächsten Stuhl. Glücklicherweise klingt mein Lachen so, als weinte ich, und Epsilon schöpfte keinen Verdacht.

Ein Einbruch war schön. Er lieferte Gesprächsstoff. Ich sprach mehrere Jahre davon, und nachdem er ein wenig Abstand zum Ganzen gewonnen hatte, konnte auch Epsilon das Geschehene in Worte fassen.

Auch wenn ich keine Lust habe rauszugehen, kann ich doch immerhin jederzeit das Fenster öffnen. Mir ist schmerzlich bewusst, dass das laue Lüftchen, mit dem Åge B. mich anhaucht, fast so ist, als würde ich mich selbst anhauchen, und ich hätte versuchen können, andere als Epsilon anzuhauchen, denn vielleicht wäre es schön gewesen, jemandem etwas zu bedeuten. Für mich selbst. Doch in den letzten Tagen habe ich es nicht einmal geschafft, die Zeitung von der Fußmatte zu holen. Wahrscheinlich stapeln sie sich draußen, und ich frage mich, wie lange es dauert, bevor jemand begreift, dass ich tot sein könnte.

Wie ein Apropos sehe ich, nachdem ich die Fenster geschlossen und mich ins Wohnzimmer gesetzt habe, einen Mann im Fernsehen, der mit den Toten kommunizieren kann. »Aber wo genau sind sie?«, will der Moderator wissen. »Wo ist das Internet?«, fragt der Mann zurück.

Dann redet Einar Lunde wieder über alles, was in letzter Zeit passiert ist. Anschließend erzählt der staatliche Meteorologe vom Sturm Mary, der auf die Küsten zukommt. Das trifft mich wie eine Ohrfeige. Mit Sicherheit bin ich viel schneller als Mary. Und dann weiß ich, was zu tun ist. Es führt kein Weg daran vorbei. »Mary, Mary, Quite Contrary«, sage ich und stehe auf, bevor ich ins leere Schlafzimmer gehe.

Ich gehe zum gemütlichen Beisammensein im Seniorenzentrum, es ist der letzte Punkt auf meiner Liste, ich werde mich sehen lassen und mich zur letzten Haltestelle vor dem Tod wagen – zwei Fliegen mit einer Klappe schlagen. Das reimt sich. Ich versuche, meine Nerven so weit wie möglich unter Kontrolle zu halten. Ich esse Marmelade aus der Tube und lese die Todesanzeigen, doch meine Gedanken sind bereits unterwegs.

Ich nehme einen Stuhl aus der Küche mit ins Bad, klettere hinauf, bleibe lange stehen und betrachte mich im Spiegel. Ich habe das Gefühl, dass etwas fehlt. Abgesehen von sieben Zähnen.

Im Schlafzimmer wühle ich lange im Bettzeug, bis ich endlich das Muttermal finde. Ich befestige es mit etwas Spucke an der Oberlippe und gehe zu dem Stuhl vorm Spiegel zurück. Es war mir immer ein Rätsel, warum man ein Muttermal auf dem Rücken Muttermal nennt, während ein Muttermal über der Oberlippe Schönheitsfleck heißt. Aber jetzt weiß ich, warum.

Ich sprühe Parfüm auf die Pulspunkte des Körpers, bevor ich in den Flur gehe und die Mütze hervorhole. Dann ziehe ich die neue Strickjacke über. Nach kurzem Nachdenken knöpfe ich sie absichtlich schief. Ich komme mir durchtrieben vor, weiß aber nicht genau, warum. Ich steige über den Zeitungshaufen auf der Fußmatte. Vor dem Schwarzen Brett bleibe ich stehen und lese noch einmal die Ankündigung des gemütlichen Beisammenseins, um mich zu vergewissern, dass nichts Kleingedrucktes dabeisteht.

Die anderen Alten, die dorthin gehen, sind sicher jung und radikal im Vergleich zu mir. Und was, wenn ich die Älteste von allen bin? Es ist selten gut, die Älteste von allen zu sein. Jedenfalls in der westlichen Welt.

Åge B. bemerkt meine Mütze und auch die neue Jacke immer noch nicht, obwohl ich nun sogar vom Mars aus sichtbar sein dürfte. Ich betrachte ihn lange und überlege, wie es sein kann, dass die Busse fahren, dass es Lebensmittel im Laden gibt, dass die Tagesrevue immer pünktlich kommt, dass die Welt einigermaßen gut funktioniert. Aber ich schüttele den Gedanken ab und gehe weiter. Vor mir entdecke ich den alten Mann mit dem Gehwagen, an dem ich vor einiger Zeit vorbeigerauscht bin, sicher ist auch er auf dem Weg zum gemütlichen Beisammensein. Er sieht so einsam aus, wie er da läuft, viel einsamer als ich und viel kleiner, aber das kann auch daran liegen, dass er so weit weg ist. Ich hole ihn schnell wieder ein. Wenn ich einfach nur direkt hinter ihm gehe, werden die Leute vielleicht glauben, wir kämen zusammen. Falls ich richtig viel Glück habe, glaubt der Mann mit dem Gehwagen es auch. Ich bin kurz davor, es selbst zu glauben.

Am Seniorenzentrum angekommen, kann ich mich nicht dazu überwinden, ihm mit der Eingangstür behilflich zu sein, die Grenze zwischen Schüchternheit und Rücksichtslosigkeit ist hauchdünn. Wir kommen in einen Flur voller Hüte und Hackenporsches, aus der geöffneten Tür vor uns höre ich laute Stimmen, die versuchen, das Pfeifen der vielen Hörgeräte zu übertönen. Obwohl ich den grünen Teppich und die braune Tapete leid bin, vermisse ich sie jetzt, denn damit weiß ich umzugehen. Wie man mit einem Raum voller Menschen umgeht, weiß ich nicht. Aber ich kneife die Augen zu und gehe hinter dem Gehwagenmann hinein. »Jetzt ist Rolf da«, sagt jemand. »Setz dich zu uns, Rolf«, fordern ihn andere auf. Ich öffne die Augen wieder, mit einem Mal sieht er ganz anders aus als vorhin, als nur er und der Gehwagen da gewesen waren. Ich will mich gerade umdrehen, ich möchte lieber nach Hause und weiter den Tod planen, doch da schließt eine der Mitarbeiterinnen in den grünen Hosen hinter mir die Tür. »Alle mal hinsetzen, jetzt beginnt die Show«, sagt sie. Also stand doch etwas Kleingedrucktes auf dem Zettel.

Es gibt nur einen Tisch, an dem keiner sitzt, dafür ist er voll mit gehäkelten Klodeckelüberzügen, selbstgebastelten Puppen mit Kleidern, unter denen man Spülmittelflaschen verstecken kann, und bemalten Holztafeln mit den goldenen Wanderregeln. Ich setze mich daran, nachdem ich meine Jacke über den Stuhl gegenüber gehängt habe, damit es so aussieht, als säße außer mir noch jemand hier. Was hat Rollator-Rolf, was ich nicht habe?, frage ich mich.

Fünf pakistanische Mädchen in farbenfrohen Trachten stehen für die Show. Sie erzählen, dass sie von der Grundschule nebenan kommen, dann stellen sie den Kassettenrekorder an und tanzen zu der fremden Musik, während die Alten begeistert in die Hände klatschen. Ich versuche auch, begeistert zu sein und zu klatschen, doch keins von beidem will mir gelingen. Als die Musik endet, sagt eine Dame: »Ein Hurra auf die Indianer!« Aber ihre Aufforderung fällt auf toten Boden.

Ich bin im Begriff aufzustehen, ich habe dem Ganzen eine Chance gegeben und habe Pakistan erlebt, was kann man mehr verlangen, doch da beginnt die Grüngekleidete mit Bisquitrolle und Saft von Tisch zu Tisch zu gehen, und Bisquitrolle ist meiner Meinung nach nicht das Schlechteste. Während ich warte, beobachte ich die fünf Damen am Nachbartisch, sie zerdrücken den Kuchen mit der Gabel, bevor sie ihn in den Mund stecken. Hätte ich den Beutel mit den Zähnen mitgenommen, hätte ich hier ein paar neue Freunde gewonnen. Das reimt sich nicht. Man könnte auf den ersten Blick glauben, dass es sich reimt, aber das tut es nicht. Obwohl sie mich an einige Hausfrauen erinnern, die ich mal kannte, hätte ich mich gern zu ihnen gesellt, aber sie sprechen so laut und hören so schlecht, und ich spreche so leise und bin nahezu unsichtbar.

Stattdessen übe ich innerlich, mich für das Essen zu bedanken. Wenn die Mitarbeiter etwas sagen, was ich nicht verstehe, kann ich so tun, als hörte ich nicht gut, und dann wie damals auf dem Schulhof das Gebärdenzeichen für Stier machen, um glaubwürdig zu erscheinen und zu zeigen, dass man nicht dumm oder sprachlos sein muss, nur weil man taub ist. Dann muss ich hoffen, dass die Mitarbeiter nicht selbst die Gebärdensprache beherrschen und fragen, welche Farbe mein Stier hat und ob seine Hörner groß sind. Ich versuche, hungrig auszusehen, doch als sie endlich zu meinem Tisch kommt, tut sie es nicht, um mir Bisquitrolle zu servieren. Nein, es sind die Plastikeimer unter dem Tisch, hinter denen die Dame her ist. »Jetzt ist es Zeit für die Lotterie«, ruft sie laut. Das wird ja immer bunter.

Die Alten lassen die Eimer mit den Losen kreisen und glätten die rosa und gelben und blauen Zettel, die sie vor sich auf den Tisch legen, jeder hat sein eigenes Territorium, und einige stellen sicherheitshalber ihre Tasche auf den Tisch, um es abzugrenzen. Mich beschäftigt am meisten, wie nah ich an der grünen, frischgebügelten Hose sitze. Wenn ich mich zur Seite lehne, nehme ich den Duft von Waschmittel wahr, und am liebsten würde ich einfach nur meinen Kopf auf den schönen Stoff legen und weinen, ich weiß nicht, warum ich weinen will. Doch da sagt die Dame, dass die Ziehung nun beginnt: »Also müssen wir jetzt alle gut aufpassen.« Ich richte mich auf.

Sie nimmt ein besticktes Deckchen von meinem Tisch und zeigt es der Versammlung. »Der glückliche Gewinner ist … «, sagt sie und zieht einen Zettel aus einer Schüssel, »Z vierunddreißig, Zimbabwe vierunddreißig.« Nach einigen nervenaufreibenden Sekunden stößt ein fast durchsichtiger Mann einen kleinen Schrei aus, und ich frage mich, wie man sich über ein besticktes Deckchen freuen kann, wenn man bald sterben muss. Burkina Faso fünfundvierzig wird aufgerufen, und so geht es immer weiter, bis der Großteil des afrikanischen Kontinents abgegrast und der ganze Krimskrams verteilt worden ist. Der Tisch vor mir leert sich. »Jetzt ist nur noch ein Gewinn übrig«, sagt die Dame, und meine Wangen fangen an zu glühen, weil ich denke, sie meint mich. Doch dann schnappt sie sich meine Jacke und hält sie hoch. »Diese Jacke ist etwas speziell«, sagt sie, nachdem sie sie eingehender betrachtet hat. »Es sieht aus, als ob sie aus Ohrenwärmern zusammengesetzt wurde.«

Ich sinke tiefer und tiefer, alles um mich herum ist unklar und beengt, und als ich endlich wieder an die Oberfläche komme und Luft holen will, um etwas zu sagen, ist es zu spät. Der Gewinner wurde bereits gezogen. Gleichzeitig sagt ein Mann, dass die Toilettentür nun schon seit einer halben Stunde verschlossen sei und niemand antworte, wenn er anklopfe. »Vielleicht ein Schlaganfall?«, meint die Dame mit dem Gewinnerlos, während sie meine Jacke in eine Plastiktüte stopft, und alle sind Feuer und Flamme.

Ich gehe mit einem Stechen im Herzen über die Brücke. Ich bekomme immer Seitenstechen, wenn ich auf leeren Magen großen Belastungen ausgesetzt bin, es sticht hinter den Rippen, und ich sehe ein, dass die Jacke mir mehr bedeutet hat, als ich ahnte. Dann erblicke ich erneut Rolfs Rücken. Nun gönnt mir doch mal eine Pause, denke ich, seine Anwesenheit erinnert mich nur an meine eigene Unzulänglichkeit. Trotzdem muss ich mich einmal mehr wundern, warum er schon wieder vor mir ist, ich habe nicht gesehen, dass er das gemütliche Beisammensein verlassen hat. Vielleicht ist es ihm ja zu ungemütlich geworden, vielleicht hat jemand seine Brille verlost.

Meine Beine nehmen Tempo auf. Ich weiß, dass dies mein letzter Versuch ist.

Ich schließe auf und krame alles zusammen, was ich an sozialer Intelligenz aufbieten kann. »Entschuldigung, wissen Sie, wie viel Uhr es ist?«, frage ich, doch es kommt keine Reaktion. Aber ich weiß, was jetzt nötig ist. Mathea Martinsen ist zwecklos. Ich muss Einar Lunde sein, Einar Lunde wird von allen gesehen.

Ich tippe Rolf auf die Schulter. »Entschuldigung, ich

komme vom Fernsehen«, sage ich. »Dürfte ich Ihnen ein paar Fragen stellen?«

Der Gehwagen macht eine Vollbremsung. »Worum geht es?«

Ich bin verdattert und weiß nicht, was ich sagen soll, mit einem Mal begreife ich, dass es keinen Sinn hat, wenn Einar Lunde sich mit ihm anzufreunden versucht, denn schließlich ist es Mathea Martinsen, die Freunde braucht. Eigentlich ist die Aufmerksamkeit, die ich auf mich gezogen habe, genauso sinnlos wie der Kreislauf der Bananenpflanze, aber jetzt, da Rolf mich fragend ansieht, kann ich nicht völlig stumm bleiben, und das Einzige, was nun für Mathea Martinsen nützlich sein kann, ist, zu erfahren, wie ich werde sterben können.

Ich hebe meine rechte Faust, sie sieht genauso aus wie ein Mikrofon. »Eins, zwei, eins, zwei«, sage ich und klopfe mit dem linken Zeigefinger darauf. Ich weiß, dass es Einar Lunde viel leichter fällt, mit Leuten zu kommunizieren, als mir, und ich räuspere mich.

»Haben Sie sich mit dem Tod ausgesöhnt?«, frage ich und halte Rolf das Mikrofon hin.

Rolf sieht mich lange an, es wird fast schon unbehaglich. »Ah«, sagt er und blickt sich um, wahrscheinlich sucht er nach meiner versteckten Kamera. »Jetzt verstehe ich.«

Er beugt sich vor. »Was den Tod betrifft, kann ich nur sagen: Ich bin zu allen Schandtaten bereit.« Rolf lacht ein bisschen auf das Mikrofon herab, das einige Speicheltropfen abbekommt.

Ich wische sie mit dem Kleiderärmel ab. »Aber haben Sie denn keine Angst?«

»Ich habe viel größere Angst vorm Leben als vorm Tod.

Die Angst vor dem Tod hört auf, wenn man so alt ist wie ich.«

Ich frage nicht, wie alt er ist, für den Fall, dass er ein Jahr jünger ist als ich.

»Wenn ich ganz ehrlich bin«, fährt er fort, »freue ich mich schon darauf, den Löffel abzugeben. Ich habe all meinen Besitz weggegeben, bis auf das Notwendigste, und wenn der Blitz hier und jetzt einschlüge, würde ich rufen: Komm und hol mich, ich bin bereit!«

»Es besteht die Gefahr, dass Sie in dieser Hinsicht enttäuscht werden«, sage ich. »Sie stehen nämlich direkt neben einem Blitzableiter.«

Erneut flackert Rolfs Blick, bevor er sich räuspert. »Ich muss jetzt los. Obwohl es gerade so gemütlich war, musste ich früher vom Seniorenzentrum aufbrechen, um rechtzeitig zu meinem Arzttermin zu kommen, ich messe meinen Blutdruck nämlich jede Woche. Ein hoher Blutdruck ist für uns Alte lebensgefährlich, wissen Sie.«

Ich weiß kaum mehr, als dass mir dieser Tag viel zu viel geworden ist. Als mein letzter Versuch davonrollt, wird mir alles noch viel mehr zu viel. Und ich kann nicht weinen. Also renne ich. Ich renne, so schnell ich kann, an Rolf vorbei über die Brücke und den Hügel hinauf bis zum Waldstück. Ich sehe nur noch den Kies vor mir, doch dann steht Åge B. mit einem Mal da. Ich hatte ihn völlig vergessen.

Ich sehe Åge B. an, und er blickt durch mich hindurch auf den Baum hinter mich.

Ich warte darauf, dass er fragt. Die Wolken ziehen sich über uns zusammen, ein Wassertropfen trifft mein eines Auge, und alles, was ich will, ist, mich totzulachen. Aber ich muss nicht lachen. Ich muss weinen. Doch auch das gelingt mir nicht.

Der Regen trifft meinen Nacken, das durchnässte Kleid heftet sich an meinen Körper, und ich überlege, wie nahe man dem Weinen kommen kann, ohne zu weinen.

Er fragt nicht.

»Ich finde dieses Leben nicht besonders schön«, sage ich und gehe dann einfach los.

Doch da sagt Åge B.: »Es soll nicht schön sein.«

»Was?« Ich bleibe stehen.

»Wer hat behauptet, dass das Leben schön sein soll.« Er sagt es nicht wie eine Frage, und er sieht mich nicht dabei an.

»Es soll nicht schön sein?« Ich bin noch immer verdutzt, weil er mit mir spricht.

»Nein. Es soll schwierig sein.«

»Aber warum?«

»So ist es einfach.«

»Oh«, sage ich und schweige.

Denn auch wenn ich das Leben vielleicht nicht schön gemeistert habe, so habe ich es immerhin mit Schwierigkeiten gemeistert. Und vielleicht genügt es, es so gut zu machen, wie ich konnte.

»Fühlen Sie sich jetzt besser?« Åge B. dreht den Kopf und sieht mich durch seinen nassen Pony hindurch an.

»Ja.«

»Schön«, sagt Åge B.

»Schön«, sage ich.

»Und nur, dass Sie es wissen«, Åge B. sieht zu dem Lochmuster meiner Mütze auf, »ich kann Ihren Schädel sehen.«

Obwohl ein fürchterliches Gewitter tobt und irgendwer draußen Lärm veranstaltet, schlafe ich ein, sobald ich meinen Kopf auf das Kissen lege, und als ich aufwache, ist es Morgen.

Ich stehe auf und hole den Zeitungshaufen von der Türmatte herein. Das Groruddaler Wochenblatt liegt mit der Rückseite nach oben. Dort ist von Hausmeister Leif zu lesen, der seine Wohngenossenschaft zum Sieg im Wettbewerb um die schönste Wohnanlage in Groruddalen geführt hat. Und ich habe jeden Abend zu einem Gott, an den ich nicht glaube, gebetet, dass wir auf den letzten Platz kommen. Es wird eine Preisverleihung geben, und Leif fordert die Bewohner auf, sich gelb zu kleiden, weil das die neue Farbe unserer Wohngenossenschaft ist. Ich denke an mein apricotfarbenes Brautkleid, das fast als gelb durchgeht. Wie ich sehe, findet die Preisverleihung heute statt, und es wird eine Blaskapelle spielen, wer mag schon Blasmusik, und dann wird die neue, gelbe Genossenschaftsfahne gehisst. Dabei haben wir doch gar keinen Fahnenmast, das hat Leif garantiert nicht mitbekommen.

Ich nehme die Zeitungen mit in die Küche, lege sie auf

den Tisch und blinzle in die starke Sonne, die nun zum Fenster hereinscheint. Da entdecke ich den Fahnenmast mitten auf der Grünfläche. Sie haben im Laufe der Nacht dort, wo ich meine Zeitkapsel vergrub, eine Fahnenstange aufgestellt. Daneben liegt ein großer Erdhaufen, und ich denke an den Zettel mit der Telefonnummer, den ich in die Kiste gelegt habe. Es ist das Einzige, was ich in die Kiste getan habe.

Ich blättere zu den Todesanzeigen vor. *Dein gutes Herz, es schlägt nicht mehr, Dein Platz im Haus ist still und leer, Hab tausend Dank für Deine Müh', vergessen werden wir Dich nie.* Ich streiche das letzte Wort und ersetze es durch *nüh*.

Ich sehe, dass um elf Uhr in der Kirche von Haugerud Else beerdigt wird. Das passt mir gut.

Ich gehe ins Bad und mache mich zurecht. Das Brautkleid sitzt wie angegossen. Das Einzige, was ich mitnehme, ist der Frühstücksbeutel mit den Zähnen. Bevor ich gehe, bleibe ich stehen und sehe mich in der Wohnung um. Es könnte schlimmer sein, denke ich.

Meine Nachbarn versammeln sich bereits um den Fahnenmast, der so lang ist, dass auf seiner Spitze sicher Schnee liegt. Sie sehen zum Himmel hinauf und hören Leif zu, der mit lauter Stimme berichtet, wie der Blitz im Abstand von wenigen Sekunden zweimal einschlug, es hatte Holzspäne geregnet. Ich richte mich auf und sehe, dass das Ende der Fahnenstange fehlt, die Stange ist oben vollkommen schwarz und in der Mitte gespalten. Ich verlasse die Gelben und verschwinde um die Ecke des Wohnblocks. Ich bin apricotfarben, und nichts reimt sich auf apricot.

Ich gehe in die Kirche, die aussieht wie ein Schwimmbad. Ich frage nicht, für wen die Glocken läuten, sie läuten für mich. Ich setze mich in die erste Reihe, es ist genug Platz. Während der Pfarrer spricht, denke ich darüber nach, warum ich Elses Beisetzung beisitze.

Mehrere der Anwesenden weinen, und ich verdächtige sie, nicht um Else zu weinen, sondern um sich selbst und weil sie sich schneller als gedacht in Elses Situation befinden werden. Niemand beneidet Else um ihre Situation.

Ich weine auch.

»Niels wurde an seinem ersten Tag als Rentner jäh aus dem Leben gerissen«, sagte der Pfarrer. »Was hat das für einen Sinn?« Er ließ seinen Blick über die Bankreihen schweifen, es waren nicht viele gekommen, und niemand hatte einen Vorschlag. Ich saß in der zweiten Reihe und überlegte, wer Niels war. Mir war nicht, als spräche der Pfarrer über Epsilon.

Das Statistische Zentralbüro hatte endlich gesagt, genug ist genug, und Epsilon und ich sollten von nun an jeden Tag zusammen sein, den lieben langen Tag. Wir machten bei dem schönen Wetter einen Spaziergang. Als wir an einigen Turnstangen vorbeikamen, sagte ich, dass ich jetzt, da sich die Erde endlich wieder drehte, dasselbe tun wolle. »Das ist Wahnsinn, Mathea«, sagte Epsilon. »Du bist kein junger Hüpfer mehr!« Er wusste ja nicht, dass ich nur scherzte.

»Aber das Schöne am Rentnerdasein ist doch gerade, dass wir beginnen können, das Leben zu leben«, entgegnete ich.

»Ich kann mich nicht erinnern, je etwas anderes getan zu haben.«

»Heißt das, du willst es nicht probieren?«

»Auf keinen Fall.«

»Du bist mein Held, wenn du es wagst«, sagte ich und küsste ihn.

»Nein, jetzt hör aber auf«, sagte Epsilon. Aber er meinte es nicht so. In Wirklichkeit meinte er: »Mach weiter, mach weiter.«

Also machte ich weiter. »Turnstangen sind nichts Gefährliches«, sagte ich und fuhr mit seinen eigenen Worten fort: »Die Wahrscheinlichkeit, dass wir sterben werden, muss geringer sein als ε, weil ε eine mikroskopisch kleine Menge ist.«

Doch Epsilon schüttelte nur den Kopf.

Also nahm ich seine Hand, und keiner von uns beiden sagte mehr etwas. Wir gingen nach Hause. Ich spürte die kühle Frühlingsluft im Gesicht und den strahlenden Himmel in meinen Augen, und dann spürte ich, wie seine Hand meiner entglitt.

»Alles hat seine Zeit«, sagte der Pfarrer, »und jedes Vornehmen unter dem Himmel hat seine Zeit: Geborenwerden hat seine Zeit, und Sterben hat seine Zeit; Pflanzen hat seine Zeit, und das Gepflanzte ausreißen hat seine Zeit ...«

Fast hatte ich das Gefühl, zwei Leben auf dem Gewissen zu haben. Drei, wenn ich die Orchidee mitzählte.

Nach der Beerdigung kam ein Mann zu mir, er sagte, er sei ein Kollege von Niels gewesen, und reichte mir einen Pappkarton. »Der stand in seinem Schrank«, sagte er. »Ich weiß nicht, warum er ihn nicht mitnahm, als er sein Büro ausräumte.« Im Pappkarton lagen meine Briefe. Ein Großteil davon ungeöffnet.

Als ich wieder zu Hause war, legte ich mich aufs Bett und überlegte, was mich dahinraffen würde. Und ich überlegte, ob ich das Licht anlassen oder ausschalten sollte. Doch es machte keinen Unterschied, der Sensenmann würde mich so oder so finden.

Nachdem Else gekommen, gegangen und wiederauferstanden ist, nehme ich meine Zähne und gehe.

Ich laufe durch das Waldstück, Åge B. ist da.

»Entschuldigung«, fragt er, »wissen Sie, wie viel Uhr es ist?«

»Ich habe etwas für Sie, Åge B. Ich dachte, dass Sie eines Tages vielleicht keine Lust mehr haben, die Leute nach der Uhrzeit zu fragen, und da ist es gut, eine Armbanduhr zu besitzen.«

Ich nehme Epsilons Uhr ab. Er hätte sicher nichts dagegen gehabt.

»Übrigens«, sage ich, »ist diese Uhr zum Aufziehen. Wenn Sie vergessen, sie aufzuziehen, bleibt sie stehen, und dann müssen Sie sie stellen und werden vielleicht trotzdem nach der Zeit fragen müssen. Ansonsten können Sie aber auch immer Fräulein Uhr anrufen.«

»In der Zeitung stand, dass Fräulein Uhr tot ist.«

»Ach, wirklich?«

»Die Menschen riefen nicht mehr bei ihr an«, erklärt Åge B.

Das kann den Besten passieren, denke ich, ehe ich Åge B. die Armbanduhr reiche.

»Das wäre doch nicht nötig gewesen«, sagt er.

»Aber selbstverständlich, das fehlte noch!«

Er nimmt sie entgegen. »Na, dann danke!«

»Bitte schön«, sage ich. »Und, Åge B., es kann sein, dass Sie sich das Leben schwerer machen, als es sein müsste.

Vielleicht ist es einfacher, das B. wegzulassen und bloß Åge zu sein. Vielleicht genügt Åge.«

Åge B. sagt nichts.

»Aber das finden Sie schon heraus«, sage ich und lächle ihn zum Abschied mit all meinen Zähnen an.

Dann mache ich mich auf den Weg zum Lutvann. Der Teppich ist grün, die Tapete braun und die Decke blau. Vor dem letzten langen Abhang halte ich an. Ich höre die Bäume jubeln und zähle ihnen zu Ehren bis drei, dann gehe ich den Abhang hinunter, so langsam ich kann.

Am Ufer angekommen, knie ich mich in den Sand. Ich öffne den Frühstücksbeutel und schütte die Zähne aus. Ich denke daran, wie sicher ich war, dass ihre Konstellation eine Bedeutung oder irgendeinen Sinn ergeben würde. Aber manchmal muss man dem Sinnlosen selbst einen Sinn verleihen. Eigentlich sogar meistens. Also glätte ich den feuchten Sand vor mir mit den Händen, ehe ich die Zähne darauf platziere. Es sind nicht genug, aber das macht nichts, ich ersetze die fehlenden durch fünf kleine Steine und ein bisschen Gras. Dann klopfe ich mir die Hände ab, stehe auf und betrachte mein letztes Wort. »Mathea«. Das ist Sinn genug.

Ich sehe über den Lutvann. In einem Buch, das ich gelesen habe, wurde der zum Tod verurteilte Protagonist gefragt, wie er sich das ewige Leben vorstelle. »Als ein Leben, in das ich die Erinnerungen an dieses Leben mitnehmen kann«, sagte er. Das fand ich gut gesagt.

Ich streife mir das Brautkleid über den Kopf und lege es neben mich auf den Hügel. Dann ziehe ich die Schuhe und die Strumpfhose aus, und die Unterhose werfe ich in ein Gebüsch.

Ich setze meine Füße in das trübe Wasser, es ist kalt, und ich ziehe mir die Mütze tiefer über die Ohren. Ich habe keine Angst mehr vorm Sterben, nur noch Angst davor, allein zu sterben, und das habe ich ja bereits hinter mir. Ich gehe mit sicheren Schritten weiter, ich zögere nicht. Mein Skelett schmerzt, und ich suche das Weite und schwimme los.

Weil ich so krumm bin, muss ich mich auf den Rücken drehen, um den Kopf über Wasser halten zu können. Ich wiege nichts, und ich schwimme hinaus und mache große Kreise mit den Armen und Froschbewegungen mit den Beinen, unendlich plus eins ist über mir und die Ewigkeit unter mir. Bald bin ich zu weit vom Land und zu weit von den Inseln entfernt, und mein Gehirn ist so kalt, dass es keine Reime mehr bildet, höchstens Eiskristalle. Ich muss lachen und weinen, weil ich die lustigste Person bin, die ich kenne.

Dann mache ich keine Schwimmzüge mehr. Ich bin ganz still, und die Zeit und alles um mich herum ist es auch. Am Himmel sehe ich nichts als Wolken, die Baisers gleichen, und das Einzige, was ich höre, sind Krankenwagensirenen. Jetzt kommen sie näher, und ohne Luft zu holen, drehe ich mich auf den Bauch. Ich bin unter Wasser, und es ist dunkel und klar.